Über dieses Buch In die Diamantenfelder Südafrikas führt dieser Roman. Der Diamantenschleifer Jacobus Vandergaart, eigentlicher Entdecker der unerschöpflichen Minen des Veld, wurde von den Engländern um sein Recht betrogen. Aber wo ist der sagenhafte Südstern, ein riesiger künstlicher Diamant, der Vandergaart von Unbekannten gestohlen wurde?
Jules Verne steht als neuer Mythenmeister und Klassiker am Beginn der modernen Science-fiction-Literatur. Er »hat die weißen Flecke auf der Landkarte der wissenschaftlichen Erdkunde sorgfältig inventarisiert und sie mit fabelhaften Geschichten, die in der Verlängerungslinie bekannter Tatsachen liegen, ausgefüllt« (Michel Butor). Seine Bücher bieten, was man von einer qualifizierten Unterhaltung erwarten kann: dynamische »echte« Helden, rasante Abenteuer, technisch-konkrete Phantasien und einen seltenen Einfallsreichtum in grotesken und komischen Situationen. Er ist in dieser Übersetzung von Leo Muth auch literarisch neuzuentdecken.

Der Autor Jules Verne wurde 1828 in Nantes geboren. Bereits mit elf Jahren versucht er seine erste Reise und schifft sich auf einem Indienfahrer ein; sein Vater holt ihn gerade noch rechtzeitig zurück. Mit 22 schließt er seine juristische Dissertation ab und hat bereits einige Theaterstücke geschrieben. Es folgen eine Reihe von Operetten und Erzählungen.
1863 bringt der Roman ›Fünf Wochen im Ballon‹ dem 35jährigen triumphalen Erfolg und einen Zwanzigjahresvertrag mit dem Pariser Verleger Hetzel. Verne kann sich das Schiff kaufen, das er sich immer gewünscht hat und auf dem er in den folgenden Jahren ausgedehnte Reisen durch die europäischen Meere unternimmt. Fortan bestimmen das Studium von Material in Zeitschriften und Büchern und Schreiben sein Leben. 1867 fährt er auf einem Kabelleger nach Amerika. Zwanzig Jahre später wird er in Amiens seßhaft, wird 1889 auf einer ultraroten Liste in den Stadtrat gewählt, lernt Esperanto. »Wenn ich nicht arbeite, spüre ich nicht, daß ich lebe«, sagte er und schreibt, 1902 vom grauen Star befallen, noch bis zum 24. März 1905, seinem Todestag.

Jules Verne

Das Land der Diamanten

Roman

Aus dem Französischen
von Leo Muth

Fischer
Taschenbuch
Verlag

Veröffentlicht im Fischer Taschenbuch Verlag GmbH,
Frankfurt am Main, Juni 1987

Lizenzausgabe mit freundlicher Genehmigung der
B & N Bücher und Nachrichten (Bärmeier & Nikel)
Verlags-GmbH & Co. KG, Frankfurt am Main
Mit Holzstich-Illustrationen der ersten französischen
Gesamtausgabe im Verlag Hetzel, Paris
Titel der französischen Originalausgabe:
›L' Étoile du sud‹, Paris 1884
Neu übersetzt und eingerichtet von Leo Muth

Umschlaggestaltung: Heinz Edelmann
Satz: Otto Gutfreund, Darmstadt
Druck und Bindung: C. H. Beck'sche Buchdruckerei, Nördlingen
Printed in Germany
ISBN-3-596-28931-9

Das Land der Diamanten

Ständig sah man den verspotteten Chinesen mit einem Korb gestärkter Schürferwäsche durch die Diamantenfelder trotten.

I

»Sie wollten mich sprechen? Reden Sie!«
»Ich erlaube mir, um die Hand Ihrer Tochter Alice anzuhalten.«
»Um die Hand meiner Tochter?«
»Ja. Sie scheinen überrascht? Sie werden verzeihen, aber ich begreife nicht ganz, warum Ihnen das so seltsam erscheint. Ich bin 26 Jahre alt und heiße Cyprien Méré. Ich bin Bergwerksingenieur und habe mein Examen mit ›gut‹ bestanden. Meine Familie ist zwar nicht reich, doch wenigstens angesehen. In diesem Lande befinde ich mich im Auftrag der Akademie der Wissenschaften und der französischen Regierung, um das Diamantengebiet des Vaal zu untersuchen. Nach meiner Rückkehr werde ich Hilfslehrer an der Bergwerksschule in Paris; eine Wohnung habe ich auch schon. Ab Anfang nächsten Jahres verfüge ich über 4800 Francs im Jahr; das ist nicht allzuviel, aber wenn Sie die Methoden des akademischen Gewerbes kennen, so wissen Sie, daß man mit Gutachten, Untersuchungen und Zeitschriftenartikeln gut noch einmal soviel herausholen kann. Also, wie gesagt: Ich halte hiermit um die Hand Ihrer Tochter Alice an.«
Schon aus dem Ton dieser Ansprache läßt sich ersehen, daß Herr Cyprien Méré wußte, was er hatte, konnte und wollte. Sein Gesichtsausdruck entsprach diesem ersten Eindruck. Seine kastanienbraunen Haare waren sehr kurz geschnitten, sein blonder Bart, ebenfalls am Wuchern gehindert, ließ kaum auf einen unruhigen Geist schließen, sein Reiseanzug bestand aus solidem grauen Tuch – alles deutete auf einen ernsthaften Geist, auf ein reines Herz und ein von jedem Zweifel unbeschwertes Gewissen.
Sein Gegenüber hörte ihn gelassen an. Mr. Watkins saß in einem groben Lehnstuhl aus Holz, in der Hand eine lange Pfeife, vor sich eine Flasche Gin – er schien keinen Grund zu sehen, aus

seinem angelsächsischen Phlegma aufzuwachen. Sein ziemlich rotes, etwas aufgedunsenes Gesicht, von einzelnen Bartflocken aufgelockert, zeichnete sich nur durch die scharfen, grauen Augen aus, die den jungen Mann nicht gerade wohlwollend musterten.

Mr. Watkins war, wie zu vermuten, der Hausherr; und nicht nur der Herr über ein etwas seltsam zusammengenageltes Holzhaus, sondern auch über eine ertragreiche Diamantenmine im Norden der Kapkolonie, an der Westgrenze des Oranje-Freistaats. Diesem Status entsprach die Einrichtung des Zimmers; dicke Teppiche und kostbare Pelze verdeckten den gestampften Lehmfußboden; europäische Bilder und Möbel schufen zusammen mit Tierköpfen und Eingeborenenwaffen den Eindruck eines recht barbarisch zur Schau gestellten Reichtums.

Das Haus stand auf einem miesen kleinen Hügel, von dem aus man, soweit das Auge reichte, nur die nackte Ebene des Veld wahrnehmen konnte. Dieses Veld besteht aus rötlichem, trockenem, unfruchtbarem und staubigem Boden, der nur vereinzelt von magerem Gras bedeckt oder von Dornengestrüpp unterbrochen wird. Bäume gibt es nicht, Steinkohle ist unbekannt, die Verbindung zum Meer ist schlecht – was bleibt als Brennmaterial als der getrocknete Mist der Herden?

Für diese kärgliche Umgebung bieten jedoch die Diamantengruben willkommenen Ausgleich. Diese Minen, die im Tagebau ausgebeutet werden, liegen dicht zusammen und lassen sich fast mit einem einzigen Rundblick übersehen.

Vor diesem Hintergrund sah Mr. Watkins keine Veranlassung, auf den Antrag Cyprien Mérés näher einzugehen. Er beschränkte sich auf die Bemerkung: »Ich glaube, die Witterung wird umschlagen. Ich fühl's in den Knochen.« Diese Antwort entsprach nicht ganz den Vorstellungen des jungen Ingenieurs. Er unterdrückte seine Enttäuschung, ging zum Gegenangriff über und führte die Vernunft ins Gefecht.

»Sie sollten sich mit dem Gin ein bißchen vorsehen«, anwortete er trocken.

Das riß den Farmer aus seiner Gelassenheit.

»Auf den Gin verzichten? Wollen Sie meine Gesundheit zugrunderichten? Ich habe Sie bisher für einen recht vernünftigen Mann gehalten; solche Dummheiten sind Ihrer denn doch nicht würdig!«
»Also gut, schweigen wir vom Gin. Kommen wir lieber auf den eigentlichen Grund meines Besuchs zurück, Herr Watkins.« Das war dem Farmer nun auch wieder nicht recht. Er schwieg verbissen und widmete sich hingebungsvoll seiner Pfeife. In diesem dramaturgisch wenig ergiebigen Augenblick öffnete sich die Tür: der Gegenstand der Diskussion betrat das Zimmer – nicht der Gin, wohlgemerkt, sondern Alice Watkins, das Idealbild einer hübschen Tochter aus gutem Hause, mit allen guten Eigenschaften einer Romanheldin und dem entsprechenden Aussehen: blond, blauäugig, gesund und lebensfroh.
Sie begrüßte den Ingenieur freundlich: »Ich hatte Sie kommen sehen, Herr Méré, und da ich weiß, daß Sie Vaters Gin nicht übermäßig verehren, bringe ich Ihnen ein Glas frischen Saft, gepreßt aus glücklichen Orangen.« Cyprien Méré war überwältigt. Sein Dank war nur ein klägliches Stammeln. Fräulein Watkins plauderte munter weiter.
»Und denken Sie nur, was Franz, mein Strauß, heute wieder in sich hineingeschlungen hat: meine Elfenbeinkugel zum Strümpfestopfen.«
Ihr silberhelles Gelächter brachte die Ginflasche zum Klirren. Aber mit dem ihr eigenen Feingefühl bemerkte sie schnell, daß die Luft nicht nur vom Tabak ihres Vaters etwas dick war; sie zog sich also wieder zurück, nicht ohne bewiesen zu haben, daß es ihr an Kultur nicht mangelte:
»Mir scheint, daß ich die Herren belästige; ich sehe schon, Sie haben Geheimnisse. Aber ich will ja auch gar nicht stören, ich muß sowieso noch eine Sonate einüben, bevor ich das Essen auf den Tisch bringe.«
Als sie das Zimmer verließ, wandte sie sich noch einmal an den Ingenieur und bot dem Glücklichen einen Beweis für ihren Lerneifer:
»Wenn Sie mich über den Sauerstoff ausfragen wollen, Herr Méré,

ich stehe zu Ihrer Verfügung. Was Sie mir zu lernen aufgaben, habe ich schon dreimal durchgelesen; es birgt keine Geheimnisse mehr.«
Bald darauf erklangen aus einem Nebenzimmer frische Rhythmen: Fräulein Watkins oblag ihren musikalischen Übungen.

»Wie steht es also«, meldete sich der junge Mann wieder zu Wort, »ist mit einer Antwort auf meine Frage zu rechnen?«
Herr Watkins spuckte einmal auf den Teppich und wandte sich mit einem listigen Ausdruck an seinen Besucher.
»Haben Sie bereits mit meiner Tochter über Ihre Pläne gesprochen?« fragte er.
»Für wen halten Sie mich!« erwiderte der Ingenieur empört. »Ich bin Franzose! Nie hätte ich daran gedacht, ohne Ihr Einverständnis Ihre Tochter über meine Wünsche aufzuklären!«
»Ausgezeichnet! So lob ich mir die Liebenden! Und da man, wie ich sehe, zu Ihnen Vertrauen haben kann, werden Sie mir Ihr Wort geben, auch in Zukunft meiner Tochter gegenüber nichts davon zu erwähnen.«
»Pardon?«
»Diese Heirat ist unmöglich. Sie werden daher am besten tun, sie so schnell wie möglich zu vergessen. Sie sind ein ehrenwerter junger Mann, Herr Méré, mit einer großen Zukunft – daran will ich gar nicht zweifeln – aber meine Tochter bekommen Sie nicht, und schon aus dem ganz einfachen Grund, weil ich Pläne mit ihr habe.«
»Aber Herr Watkins...«
»Denken Sie doch mal nach, mein Freund. Sie sind noch nicht einmal Engländer, und Geld haben Sie auch keines, das haben Sie mir eben in schöner Offenheit selber gestanden. Glauben Sie, ich hätte eine teure Erziehung in meine Tochter investiert, damit sie die Frau eines Hilfslehrers wird, eines Mannes, dessen Sprache ich nicht einmal verstehe? Würden Sie an meiner Stelle anders handeln?«
»Gewiß«, antwortete Cyprien Méré auf diese rhetorische Frage, »wenn ich an dem Bewerber um die Hand meiner Tochter Eigen-

»Meine Tochter wollen Sie heiraten? Solche Dummheiten sind eines Mannes von Geist unwürdig!«

schaften entdecken würde, die das Glück meines Kindes garantieren.«
»So! Dann lägen Sie aber schief, junger Mann, völlig schief. Sie wären nicht würdig, die Vandergaart-Mine zu besitzen, oder genauer: Sie würden sie auch gar nicht besitzen. Glauben Sie vielleicht, die Mine wäre mir einfach zugeflogen? Abgeplagt habe ich mich mit Fleiß und eiserner Energie, habe mir etwas aufgebaut, und jetzt tun Sie so, als wäre das alles gar nichts. Nein, nein, vergessen Sie Ihre Pläne mit meiner Tochter. Sie haben da die Rechnung ohne den Vater gemacht.«
Herr Watkins bekräftigte diese Rede mit einem herzhaften Schluck Gin.
Der junge Ingenieur war bleich geworden. Er ergriff seinen Hut und erhob sich.
»Die reine Tollheit! Ich will Ihnen die Pille nicht verzuckern, junger Mann. Ich bin jetzt ein reicher Mann und will was haben von meinem Geld, und da kommt so ein junger Franzose und meint, weil er Cyprien Méré heißt, kann er mir nichts dir nichts meine Tochter absahnen! Nicht mit mir, mein Freund. Wenn jemand meine Tochter kriegt, dann muß es ein Engländer sein, und zwar ein Engländer mit Geld, mit Spaß am Gin, einer der mir Gesellschaft leistet.«
Méré hatte schon die Hand an der Türklinke.
»Nichts für ungut, junger Mann, nichts für ungut«, rief ihm der Farmer noch nach. »Ich habe sonst nicht das Geringste gegen Sie, und als Mieter sind Sie mir immer willkommen ...« Aber der Ingenieur hatte das Zimmer schon verlassen.
»Diese Franzosen«, grübelte Herr Watkins. »Völlig meschugge!«
Aber beim Gin fand er bald zu seiner Ruhe zurück.

2

Cyprien Méré war erschüttert. Die Strafpredigt des Farmers hatte ihn schmerzlich aus seinen Träumen gerissen. Aber der junge Ingenieur besaß zu viel gesunden Menschenverstand, um nicht einzusehen, daß an den Argumenten des Vaters etwas war. Leichter wurde ihm seine Enttäuschung dadurch nicht. Gerade jetzt bemerkte er, wie sehr er sich an das junge Mädchen gewöhnt hatte, wie lieb sie ihm während der letzten drei Monate geworden war. Drei Monate! Länger kannte er sie noch nicht. Aber wie fern lag ihm jetzt alles, was vor diesen drei Monaten gelegen hatte.
Mit seinem Freund Pharamond Barthès, einem leidenschaftlichen Jäger, war er nach Südafrika gekommen. Barthès war von dort aus in das Basutoland aufgebrochen, um sich der Jagd zu widmen. Cyprien dagegen hatte sich in einem schwerfälligen, von sieben Paar Pferden gezogenen Wagen auf den Weg in das Diamantengebiet gemacht. Dieser Wagen, eine Art Postkutsche mit zwölf Sitzen, wird von zwei Kutschern gelenkt; der eine führt die Zügel, während der andere mit einer sehr langen Peitsche das Gespann nicht nur antreibt, sondern auch lenken hilft. Die Fahrt ging tage- und wochenlang durch das öde Feld. Fast überall bietet es einen nahezu trostlosen Anblick – rötliche Ebenen, graue Felsmassen, gelbliches spärliches Gras und halbverhungertes Gesträuch. Ab und zu eine elende Farm, deren Besitzer die Reisenden verpflegt, oder besser gesagt, ihnen beim Überleben hilft. Da gibt es weder Betten noch anständiges Essen, höchstens einige Konserven, die nicht mehr die jüngsten sind und dazu noch fast mit Gold aufgewogen werden müssen. Der ungefederte Wagen stößt und schlägt, und den Rest besorgen die Passagiere mit unmäßigem Rauchen, Saufen, Rülpsen und Rotzen. An Schlaf ist in solcher Gesellschaft kaum zu denken. Immerhin boten die Passagiere ein schönes Beispiel für die Scharen, die aus allen Winkeln der Erde zusammenströmten, um in dieser Einöde ihr Glück zu machen. Da gab es einen Neapolitaner mit rabenschwarzem Haar, lederbraunem Gesicht und unerfreulichen Augen, der sich Annibale Pantalacci nannte; einen portugiesischen Juden namens

Nathan, der sich als Diamantenaufkäufer betätigte und die Welt als Philosoph betrachtete – was heißt, daß von ihm nicht viel zu sehen und zu hören war; einen Bergmann aus Lancashire, Thomas Steel, ein Riese mit rotem Bart; einen Deutschen namens Friedel, der in der Theorie alles über Diamanten wußte, ohne jemals einen gesehen zu haben; dann einen Yankee, der eine Kneipe aufmachen wollte, ein paar Buren, einen Elfenbeinhändler und schließlich einen Chinesen mit dem schönen Namen Li. Cyprien Méré hatte mit dieser Gesellschaft nicht allzuviel im Sinn; erträglich erschienen ihm nur Thomas Steel und der Chinese mit seinen geschmeidigen Bewegungen. Der Neapolitaner dagegen war ihm mit seinen ständigen dummen Späßen ein Greuel. Annibale Pantalacci hatte es besonders auf den Chinesen abgesehen, der alle Quälereien mit echt orientalischer Geduld ertrug. Mal knotete ihm der Neapolitaner Grasbüschel und Holzspäne in den Zopf, mal machte er sich über den Chinesen lustig und drohte, ihm den Zopf abzuschneiden – sehr zur Heiterkeit der übrigen Insassen. Es kostete Cyprien einige Mühe, den Neapolitaner etwas zurechtzustutzen, und ohne die Hilfe Thomas Steels wäre es ihm wohl kaum gelungen. Der Chinese blieb jedoch teilnahmslos wie zuvor und ließ sich auf kein Gespräch ein; Méré war aber ziemlich sicher, daß Li englisch verstand.
Sein Alter war nicht zu erkennen. Klein und schwächlich, aber mit lebhaften Bewegungen, hatte er etwas Weibisches an sich. Seine Kleidung und seine Ausrüstung ließen weder auf Reichtum noch auf Armut schließen, er rauchte nicht, trank nur Wasser und rasierte sich bei jedem Aufenthalt mit größter Sorgfalt den Kopf. Mehr war über diesen geheimnisvollen Menschen nicht herauszubringen, und als der Postwagen endlich Kimberley erreicht hatte, war der junge Franzose sich über den Charakter und Hintergrund des Chinesen um nichts klarer geworden.
Aber die Diamantengruben ließen ihn bald alles andere vergessen. New Rush, so hieß das Lager der Schürfer, unterschied sich in nichts von den provisorischen Städten wie sie in allen Erdteilen aus dem Boden schießen, wenn Gold oder andere Bodenschätze Menschen aus aller Welt anlocken. Sehr kleine Häuser aus dicken

Brettern, einige Zelte, ein Dutzend Kneipen, ein Billardsaal, ein Tanzboden, ein Bordell, ein paar Läden – fertig war die Stadt. In diesen Läden gab es alles: Kleider und Waffen, Schuhe und Fensterscheiben, Bücher und Sättel, Stoffe und Besen, Decken und Zigarren, Konserven und Pflüge, Seife und Dosenmilch – aber keine Kunden. Die befanden sich zu dieser Tageszeit an der Arbeit in den Minen. Und die Minen waren denn auch das erste Ziel des jungen Ingenieurs und seiner Reisegefährten. Es erwartete sie ein seltsames Bild.

Ursprünglich war die Mine ein kleiner Hügel gewesen, der die flache Ebene überragte; jetzt war daraus eine gewaltige Aushöhlung geworden, auf deren Boden drei- bis vierhundert »Claims« oder Konzessionen von ihren Besitzern ausgebeutet wurden. Diese Arbeit besteht einfach darin, mit Hacke und Schaufel den Boden auszuheben, der im allgemeinen aus rotem, mit Kieseln vermischtem Sande besteht. Diese Erde wird an den Rand der Mine befördert, gewaschen, zerkleinert, gesiebt und schließlich mit größter Sorgfalt nach ihrem Gehalt an kostbaren Steinen durchsucht.

Die Claims werden alle unabhängig voneinander bearbeitet; daher sind sie natürlich alle verschieden tief: manche nur fünfzehn oder dreißig Meter, einige bis zu hundert Metern. Jeder Schürfer ist verpflichtet, am Rande seiner Grube einen Rand von zwei Metern zu lassen. Diese Fläche bildet zusammen mit dem Rand der Nachbargrube eine Art Straße oder Erdwall, auf dem eine Schicht von Balken und Brettern den Rand noch einen Meter überragt, damit auch zwei Karren aneinander vorbeikommen können. Diese zwei Meter Rand werden aber nur an der Oberfläche eingehalten; je tiefer die Schürfer graben, desto eher untergraben sie diese schmalen Wälle, bis sie schließlich wie umgekehrte Pyramiden, die auf ihrer Spitze ruhen, in sich zusammenbrechen; sei es während der Regenzeit oder bei einer plötzlichen Temperaturveränderung, wenn die Sprünge im Erdreich sich erweitern. Diese regelmäßig wiederkehrenden Unfälle können jedoch keinen Diamantenschürfer dazu bringen, auf das Abbauen der Wälle zu verzichten.

Als Cyprien Méré sich der Mine näherte, sah er zunächst nur leere oder beladene Karren auf den Wällen. Aus größerer Nähe erst konnte man in diesen eigenartigen Steinbruch herunterblikken und sah nun eine große Menge Menschen jeder Rasse, Farbe und Tracht, die eifrig auf dem Boden ihrer Claims herumwühlten. Da gab es Neger und Weiße, Europäer, Buren und Amerikaner, – die meisten fast nackt oder höchstens mit einem Hemd und einem Schurz und natürlich einem großen Strohhut bekleidet.
Alle diese Männer füllten die Erde in Ledereimer, die an langen Kabeln hochgezogen, entleert und wieder nach unten gelassen wurden, um von neuem mit neuer Ladung emporzusteigen. Diese langen Eisendrahtkabel geben den Diamantengruben einen besonderen Charakter; man erhält den Eindruck eines riesenhaften Spinnennetzes, das aus unbekannten Gründen nicht fertiggestellt wurde.
Cyprien amüsierte sich eine Weile über den menschlichen Ameisenhaufen, dann kehrte er nach New Rush zurück, wo er im Laufe des Abends die tollsten Geschichten von reichen Funden, von der Habsucht der Aufkäufer, der Unzuverlässigkeit der Kaffern in den Gruben, von Diamanten, Karaten und vor allem von Geld hörte. Im großen und ganzen machten die Hunderte von Menschen, die sich hier abrackerten, einen elenden Eindruck; auf jeden Glücklichen, der nach Champagner schrie, kamen zwanzig und mehr Erfolglose, die sich mit dünnem Bier zufriedengeben mußten. Cyprien selbst zog sich bald zurück; in einem Zelt war ihm ein Lager zugewiesen worden, und auch der Krach aus der nahe gelegenen Tanzdiele konnte ihm den Schlaf des Gerechten nicht verderben.

3

Cyprien Méré war nicht in die Diamantenfelder gekommen, um sich selbst an diesem Sport zu beteiligen; er war vielmehr beauftragt, topographische und geologische Untersuchungen vorzunehmen, Proben von diamantenhaltigen Gestein und Erdarten

In der Tiefe, die kaum ein Sonnenstrahl erreichte, schürften und kratzten die Glücksritter nach dem kristallisierten Kohlenstoff.

zu sammeln und sie gleich an Ort und Stelle genau zu analysieren. Zunächst mußte er sich also eine ruhige Wohnung beschaffen, in der er ein Laboratorium einrichten konnte. Die Watkins-Farm kam ihm dazu sehr gelegen. Sie war ausreichend weit von New Rush entfernt, so daß ihn der Lärm dort nicht stören konnte; sie lag aber auch nicht zu weit von den Gruben. So genügte ein halber Tag, und der junge Ingenieur hatte sich in einem der Gebäude eingerichtet und sich mit John Watkins über den Mietpreis geeinigt. Wenn er allerdings darauf gehofft hatte, er werde einen Gesellschafter für die tägliche Langeweile finden, mit dem sich so manche Ginflasche leeren ließe, so sah er sich in dieser Erwartung getäuscht. Kaum hatte Cyprien Méré seine Retorten und Reagenzgläser aufgebaut, begann er auch schon seine geologischen Ausflüge in die Umgebung. Und wenn er abends mit seinen Steinproben zurückkam, stand ihm nicht der Sinn nach den alten, immer wieder erzählten Geschichten des Hausherrn.

Nichtsdestoweniger hatte sich der junge Ingenieur die Achtung des Farmers zu erringen gewußt – er war so gefällig und gutmütig, trotz seiner reichen Kenntnisse so bescheiden, daß man ihn einfach gern haben mußte. Watkins machte da keine Ausnahme, und seine Tochter noch weniger.

Dem Mädchen gefiel sein höfliches Benehmen ebenso wie seine geistigen Fähigkeiten, und da sie in dieser Beziehung von ihren Nachbarn kaum verwöhnt worden war, standen die beiden bald auf freundschaftlichem Fuß. Alice Watkins ergriff bald die Gelegenheit, ihre Kenntnisse in der Chemie aufzufrischen, und besonders interessierte sie das Laboratorium mit seinen seltsamen Apparaten. Was die Diamanten selbst anging, dieses unerschöpfliche Gesprächsthema im ganzen Land, so herrschte zwischen den beiden eine merkwürdige Übereinstimmung. Im Grunde schätzte Alice diesen Stein nämlich kaum höher ein als einen gewöhnlichen Kiesel, und Cyprien teilte ihre Anschauungen. Die beiden waren wohl die einzigen im weiten Umkreis, die den Endzweck des Lebens nicht allein darin sahen, die kleinen grauen Steine zu suchen und zu verkaufen.

»Der Diamant«, sagte der junge Ingenieur eines Tages, »ist

eigentlich nichts anderes als Kohle; er besteht aus kristallisiertem Kohlenstoff, man kann ihn verbrennen wie jeden anderen Brennstoff. Gerade diese Brennbarkeit hat zuerst zu einer Vermutung seines eigentlichen Charakters geführt. Newton, der so vieles scharf beobachtete, hatte wahrgenommen, daß der geschnittene Diamant das Licht stärker als alle anderen durchsichtigen Körper zurückwirft. Da er nun wußte, daß dies vor allem bei brennbaren Substanzen der Fall ist, schloß er daraus, daß auch der Diamant brennbar sei, und das Experiment bestätigte diese Annahme.«

»Aber wenn der Diamant nichts als Kohle ist, warum ist er dann so teuer?« fragte das junge Mädchen.

»Weil er so selten vorkommt«, antwortete Cyprien, »und natürlich auch wegen seiner besonderen Eigenschaften. Seine Schönheit, wenn er richtig geschliffen ist, die Schwierigkeit der Bearbeitung und vor allem seine ungewöhnliche Härte machen ihn gleichermaßen für Schmuckliebhaber wie für Gelehrte interessant, nicht zu vergessen auch die Industrie. Polieren kann man ihn nur mit seinem eigenen Staub, und wegen dieser Härte wird er seit einiger Zeit auch für Bohrungen benutzt. Ohne ihn wäre es nicht nur schwierig, Glas und andere harte Substanzen zu bearbeiten, sondern auch der Bau von Tunnels, Bergwerksstollen, Brunnen und so weiter wäre erheblich komplizierter.«

»Jetzt wird mir die Sache schon klarer«, meinte Alice. »Aber wenn der Diamant nur kristallisierten Kohlenstoff darstellt, wäre es dann nicht möglich, diese Kohle künstlich zum Kristallisieren zu bringen, wie zum Beispiel Schwefel? Dann könnte man sich die Buddelei da draußen doch einfach sparen und die Diamanten in der Fabrik herstellen?«

»Das hat man auch schon versucht«, sagte Cyprien, »und bis zu einer gewissen Grenze ist es auch gelungen. 1853 hat Desprez und neuerdings auch ein englischer Gelehrter Diamantenstaub erzeugt, indem er ganz reine Kohle im luftleeren Raume einem sehr starken elektrischen Strom aussetzte. Das Problem ist jedoch noch nicht soweit gelöst, daß man Diamanten gewerblich herstellen könnte. Aber in den nächsten Jahren wird es sicherlich erreicht werden.«

So plauderten die beiden, während sie zusammen spazieren gingen oder auch gegen Abend auf der luftigen Veranda saßen und die glänzenden Sterne des südlichen Himmels bewunderten. Oder wenn sie zusammen die kleine Straußenherde besuchten, die Alice Watkins zum Vergnügen züchtete. Es machte ihr Freude, die riesigen Vögel zu betrachten, wie sie ihre ungeheuren Eier ausbrüteten oder zum Füttern wie gewöhnliche Hühner heranliefen, und ihr besonderer Liebling war der bereits erwähnte Franz mit der besonderen Vorliebe für Elfenbeinkugeln zum Strümpfestopfen. So kann es nicht verwundern, daß Cyprien Méré bald den Eindruck hatte, ein so vielseitig interessiertes und gebildetes Mädchen wie Alice könne auch einem jungen Franzosen das Glück auf Erden bereiten – denn sie war im Haushalt ebenso tüchtig wie in der Kultur bewandert. So hatte Cyprien, der stets geradewegs auf sein Ziel losging, sich denn um das junge Mädchen beworben, und um so härter war sein Fall aus den Wolken, als er sich nun sagen mußte, daß zwischen ihm und Alice eine tiefe, ja unüberwindliche Kluft bestand. Kein Wunder also, daß er nach dieser Verhandlung mit John Watkins bekümmert in seine Wohnung zurückging. Er war jedoch nicht der Mann, sich tatenlos der Verzweiflung zu überlassen, und so suchte und fand er in seiner Arbeit das beste Heilmittel für seinen Kummer.

Nachdem er sich an seinen kleinen Tisch gesetzt hatte, vollendete er einen langen vertraulichen Brief an seinen alten Lehrer an der Bergwerksakademie, den er schon am Morgen begonnen hatte.

»... *In meinem offiziellen Bericht habe ich nicht gewagt, meine Hypothese über die Entstehung des Diamanten vorzutragen, auch wenn ich sie auf Grund zahlreicher geologischer Beobachtungen aufgestellt habe. Ich bin ebensowenig wie Sie von der Hypothese überzeugt, die den Diamanten aus Vulkanen entstehen sehen möchte, und ich brauche die Gründe für die Ablehnung dieser Annahme an diesem Orte nicht zu wiederholen. Die Entstehung des Diamanten an Ort und Stelle durch Einwirkung von Feuer kann mich als Erklärung jedoch auch nicht befriedigen. Welcher Art sollte dieses Feuer sein, und warum hat es nicht auch die anderen Steine verändert, die regelmäßig in den Diamantenlagern vorkommen? Die einzige Erklärung, die mir wenigstens einigermaßen das Richtige zu treffen scheint, läuft darauf hinaus, daß die Bestandteile des Edelsteins durch Wasser zugeführt wurden und daß sich der Kristall nachher an Ort und Stelle bildete. So fällt besonders die gleichmäßige Form der verschiedenen Ablagerungen auf, die ich gesehen und so sorgfältig wie möglich vermessen habe. Alle bilden mehr oder weniger die Form einer Schale, einer Kapsel. Jedes solche Lager hat einen Rauminhalt von etwa 30000–40000 Litern und ist mit einem Konglomerat von Sand, Lehm und überhaupt Schwemmböden angefüllt und auf Urgebirge abgesetzt. Was geschieht, wenn man in ein Gefäß eine Flüssigkeit schüttet, die verschiedene fremde Körper enthält? Die fremden Körper setzen sich am Boden und am Rand des Gefäßes ab. Das ist genau derselbe Vorgang, der sich in einer Diamantengrube abgespielt haben muß. Diamanten findet man hier vor allem auf dem Grund und an den äußersten Rändern des Lagers. Diese Tatsache ist so anerkannt, daß die dazwischenliegenden Claims meist schnell im Wert sinken, während die in der Mitte und am Rand immer wertvoller werden, sobald die Form des Lagers ausreichend bekannt ist.*

Für meine Hypothese sprechen noch verschiedene andere Umstände, die Sie in meinem Berichte finden, und die alle darauf hinweisen, daß die Kristalle sich an Ort und Stelle bilden. So finden sich die Diamanten fast immer in Gruppen derselben Farbe, was unwahrscheinlich wäre, wenn sie vom Wasser herangeführt würden. Dazu findet man die großen Diamanten fast nur unterhalb eines Felsstücks, was darauf hinweist, daß bestimmte mit diesem Felsstück zusammenhängende Einflüsse wie vielleicht seine Wärmeausstrahlung die Kristallisation erleichtert haben. Endlich ist es sehr selten, daß große und kleine Diamanten zusammen gefunden werden. Wenn man einen schönen Stein findet, liegt er fast immer allein. Es hat den Anschein, als ob alle Diamanten-Elemente des betreffenden Nestes sich in diesem Fall unter dem Einfluß unbekannter Ursachen zu einem einzigen Kristall vereinigen.

Woher aber kommen die Wasser, die die organischen Substanzen mit sich führen, die sich in Diamanten verwandeln? Darüber habe ich mir trotz gründlicher Untersuchung der Lagerstätten noch kein Urteil bilden können.

Mit mehr Erfolg habe ich viele Analysen der Felsarten durchgeführt...«

Und so schrieb Cyprien Méré bis lange nach Mitternacht an seinem Bericht. Die Arbeit hatte wenigstens für einige Stunden seinen Kummer überwunden, aber in seinen Träumen spielten die Diamanten und ihre Entstehung dann doch eine recht untergeordnete Rolle, als er sich endlich zur Ruhe gelegt hatte.

4

»Ich muß abreisen, und zwar sofort«, sagte sich Cyprien am nächsten Morgen. »Nach dem, was ich mir von dem alten Mann da drüben habe sagen lassen müssen, wäre es eine Schwäche, noch länger hier zu bleiben. Er will mir seine Tochter nicht geben. Vielleicht hat er ja recht, jedenfalls muß ich seine Entscheidung hinnehmen und kann nur auf die Zukunft hoffen.«
Alsbald begann er zu packen und war damit schon ziemlich weit gekommen, als er durch das offene Fenster eine frische Stimme ein Lied singen hörte, dessen Schmelz ihn überwältigte. Alice war es, die zu ihren geliebten Straußen ging, um ihnen das Morgenfutter zu bringen. Der junge Ingenieur war nie besonders empfänglich für Poesie gewesen, aber dieses Lied und vor allem seine Sängerin ergriffen ihn tief. Er stand wie festgewurzelt am Fenster und sah Alice beim Füttern zu. Es war ein Vergnügen, ihr zuzusehen, und Cyprien hielt es nicht länger an seinem Platz.
»Fräulein Alice!«
»Herr Méré?«
Im vollen Glanz der Morgensonne standen sie sich auf dem Weg gegenüber. Cyprien, so nah bei ihr, schien selbst erstaunt über sich und schwieg halb verlegen still.
»Sie wollten mir etwas sagen«, sagte sie freundlich.
»Ich wollte von Ihnen Abschied nehmen ... Ich reise noch heute ab«, erwiderte er mit unsicherer Stimme.
Alice Watkins wurde sichtlich bleich.
»Abreisen? Sie wollen fortgehen?« fragte sie verwirrt.

»Ja . . . zurück nach Frankreich. Ich habe meine Untersuchungen beendet und bin verpflichtet zurückzukehren . . .« Mehr und mehr nahm er den Ton eines Angeklagten an, der sich verteidigen muß.

»Ja . . . ja . . . ganz richtig . . . das geht wohl nicht anders«, stammelte Alice, ohne recht zu wissen, was sie eigentlich sagte.

»Abreisen wollen Sie? Und ich soll beim Sauerstoff stehen bleiben und nichts weiter über die Chemie erfahren? Das ist nicht hübsch von Ihnen, Herr Méré!« Ihre Worte waren scherzhaft, aber der Ton ihrer Stimme strafte ihre Worte Lügen. Ihre Stimme enthielt einen Vorwurf, der dem jungen Mann zu Herzen ging. Es schien ihm nun unmöglich, das Mädchen Hals über Kopf zu verlassen, wie er es vorgehabt hatte, und er beeilte sich, seine ursprüngliche Absicht zu verleugnen.

»Wenn ich von Abreise sprach, Fräulein Alice, so meine ich damit nicht diesen Morgen, auch nicht den heutigen Tag. Ich habe noch Verschiedenes vorzubereiten . . . jedenfalls werde ich Sie noch einmal sehen und Ihre künftigen Studien mit Ihnen besprechen!«

Mit diesen Worten machte Cyprien auf dem Absatz kehrt und zog sich eilends in seine Hütte zurück, wo er in tiefes Nachdenken versank.

»Auf dieses Mädchen verzichten, nur weil mir das nötige Geld fehlt! Beim ersten Hindernis aufgeben! Ich muß meine Vorurteile gegenüber den Diamanten aufgeben. So viele Leute haben sich damit ein Vermögen erworben – warum soll mir das nicht gelingen? Theoretisch und praktisch weiß ich besser Bescheid als die meisten dieser Leute. Und alles in allem verliere ich nichts bei dem Versuch . . . und wenn ich sogar reich würde, wer weiß, ob John Watkins dann nicht mit sich reden läßt? Der Preis ist lohnend genug . . .«

Cyprien ging hin und her; seine Gedanken arbeiteten unablässig. Schließlich hatte er sich entschieden; er nahm seinen Hut und ging schnellen Schrittes zu den Gruben hinüber. An wen sollte er sich wenden? Da entdeckte er unter den Leuten, die gerade zum Essen aus der Grube stiegen, die breite Figur Thomas Steels, des englischen Bergmannes, den er auf der Fahrt kennengelernt hatte und der, seinen Kleidern nach zu schließen, bei der Diamantenschürferei nicht erfolglos geblieben war. An ihn wollte er sich wenden.

»Einen Claim pachten? Nichts leichter als das, wenn Sie das nötige Geld haben«, antwortete der Engländer. »Neben dem meinen ist gerade einer frei. Vierhundert Pfund Sterling ist er unter Brüdern wert.«

»Aber soviel habe ich nicht«, entgegnete Cyprien verzagt.

»Dann kaufen Sie sich einen Anteil an einem Claim – ein Achtel oder ein Zehntel. Dafür genügen schon tausend Francs.«

»Das verträgt sich schon eher mit meinen Mitteln. Aber wie haben Sie angefangen, Herr Steel, hatten Sie soviel Kapital bei sich?«

»Ich kam her mit meinen Armen und drei Stückchen Gold in der Tasche. Aber ich habe auch Glück gehabt. Zuerst bearbeitete ich auf halben Gewinn ein Achtel, dessen Besitzer lieber in der Kneipe saß, als zu arbeiten. Dann hatte ich keine Lust mehr, für diesen Tagedieb zu arbeiten, und kaufte mir ein Sechzehntel. Da habe ich aber nur wenig gefunden und arbeite nun aufs neue auf halbe Rechnung mit einem Mann aus Australien; in der ersten Woche haben wir allerdings zusammen nicht mehr als fünf Pfund gemacht.«

»Und wenn ich einen Teil eines guten Claims kaufen würde, – würden Sie sich beteiligen?«

»Gern«, antwortete Thomas Steel, »und da kommt mir ein Gedanke. Wir könnten einen der Claims von John Watkins übernehmen!«

»Gehört ihm denn nicht die ganze Grube?«

»Sicher; aber die Kolonialregierung beschlagnahmt den Grund und Boden sofort, wenn darauf ein Diamantenlager entdeckt wird, teilt ihn in Claims auf und zahlt an den Eigentümer nur eine Rente. Das ist in diesem Falle eine ganz schöne Summe; und außerdem hat der Eigentümer ein Vorkaufsrecht auf so viele Claims, wie er bearbeiten kann. Und John Watkins mit seiner Gicht hätte bestimmt nichts dagegen, uns unter annehmbaren Bedingungen einen seiner Claims zu überlassen.«

»Es wäre mir lieber, wenn Sie allein mit ihm verhandeln würden«, meinte Cyprien Méré.
»Darauf soll es nicht ankommen«, war die Antwort; und drei Stunden später war der halbe Claim Nr. 942 auf Herrn Méré und Herrn Steel gegen neunzig Pfund Sterling übertragen, sowie gegen die Ablieferung der ersten drei Diamanten von mehr als sechs Karat Rohgewicht.
Alles in allem war das ein sehr vorteilhaftes Geschäft, und John Watkins sagte das auch.
»Sie haben da einen glücklichen Griff getan«, meinte er und prostete Cyprien zu. Und Alice Watkins sah ihn so fröhlich an, daß niemand hätte vermuten können, daß sie den ganzen Morgen geweint hatte.
Die Szene am Morgen wurde nicht mehr erwähnt; Cyprien blieb eben da, und das war die Hauptsache.

5

Am nächsten Morgen begaben sich die beiden Partner sogleich an die Arbeit. Ihr Claim lag nahe am Rande der Grube und mußte, wenn Cypriens Theorie richtig war, zu den reicheren gehören. Er war allerdings schon weit abgebaut und reichte über fünfzig Meter in die Tiefe. Andererseits war das auch wieder ein Vorteil, denn alle Erdmassen, die in einen Claim hineinfallen, gehören dessen Besitzer, und dieser Claim lag tiefer als alle anderen in seiner Nachbarschaft. Die Arbeit selbst war nicht leicht, aber einfach. Die beiden Partner machten zuerst mit Hacke und Schaufel das Erdreich los. Dann stieg der eine nach oben und zog an dem langen Kabel die Ledereimer mit Erde in die Höhe.
Von hier aus wurde die Erde in Karren in Thomas Steels Hütte geschafft. Dort wurde sie mit groben Holzscheiten zerkleinert, wertlose Kiesel wurden ausgesondert. Dann wurde die Erde grob gesiebt, um die kleineren Steine herauszutrennen, die dann aufmerksam durchgesehen wurden. Endlich wurde noch einmal fein gesiebt und dann besonders sorgfältig geprüft.

Sie arbeiteten mit wahrem Feuereifer, aber trotz aller Mühen war ihr Erfolg gering. Besonders Cyprien hatte wenig Glück. Der erste Diamant, den er nach einigen Tagen fand, wog kaum ein Sechstel Karat. Das war sicherlich eine dürftige Entschädigung für sieben oder acht Tage harte Arbeit, aber die Hoffnung auf einen glücklicheren Fund hielt ihn ebenso aufrecht wie die anderen Schürfer.

Die beiden Partner frühstückten meistens gemeinsam in der Grube; zu Mittag aßen sie gewöhnlich in einer der Kneipen des Lagers. Abends ging Thomas Steel meistens zum Billard, und Cyprien ging zur Farm.

Hier traf er häufig einen Rivalen. James Hilton, ein großer Kerl mit rotem Haar und vielen Sommersprossen, machte bei John Watkins zwar große Fortschritte, indem er noch mehr Gin trank und verbissener rauchte als der Farmer, aber Alice schien die Schmeicheleien und plumpen Komplimente nur recht widerwillig aufzunehmen. Aber das machte für Cyprien diese Abende nicht angenehmer. Wenn es ihm zu viel wurde und er fürchtete, sich nicht beherrschen zu können, verabschiedete er sich und verbrachte den Rest des Abends bei Jacobus Vandergaart, einem alten Diamantenschneider, dem die Grube ihren Namen verdankte. Sie hatte früher ihm gehört, und er klagte oft darüber, daß John Watkins sie sich nur durch Betrug verschafft habe. Jetzt lebte er in einer elenden Lehmhütte und ernährte sich schlecht und recht davon, die Diamanten der Schürfer zu schätzen oder auch zu spalten oder noch weiter zu bearbeiten. Cyprien hatte ihm seinen ersten Diamanten gebracht, um ihn in einem Ring fassen zu lassen und freundete sich bald mit dem Alten an. Manche Stunde leistete er Jacobus Vandergaart Gesellschaft, plauderte mit ihm oder sah ihm bei der Arbeit zu. Mit seinem weißen Bart, der kahlen Stirn unter dem schwarzen Samtkäppchen, mit der langen Nase und der Brille darüber sah Jacobus Vandergaart aus wie ein Alchimist des fünfzehnten Jahrhunderts. Wollte er einen Diamanten spalten, dessen Kristallisation nicht ganz sauber war, so begann er damit, mit der Lupe die Spaltflächen aufzusuchen; dann machte er mit einem Diamanten einen Ritz in der

Noch lachte Cyprien nicht das Glück. Ein ganzes 1/6 Karat wog der erste selbstgeschürfte Diamant.

gewünschten Richtung, setzte eine feine Stahlklinge darauf und schlug kurz zu. Wollte er den Stein dagegen schneiden oder in einer bestimmten Form schleifen, so zeichnete er zunächst die Form auf und deutete die beabsichtigten Facetten an. Dann schliff er diese Fläche mit einem anderen Diamanten, bis die eigentliche Facette zutage trat.
So gab Jacobus Vandergaart dem Stein eine der üblichen Formen: da gibt es den »doppelten Brillant«, den »einfachen Brillant« und die »Rosette«. Der doppelte Brillant besteht aus vierundsechzig Facetten, einer Tafel und der Culasse. Der einfache Brillant bildet nur die Hälfte, und zwar die obere Hälfte des doppelten. Die Rosette schließlich hat nur ein flaches Unterteil und ein kuppelartig facettiertes Oberteil.
Wenn der Diamant geschnitten ist, muß er noch poliert werden. Das erfolgt mit einer Schleifscheibe aus hartem Stahl, die sich, von einem großen Schwungrad mit Handgriff getrieben, zwei- bis dreitausendmal in der Minute dreht. An diese eingeölte und mit Diamantstaub überpuderte Scheibe wird jede Facette gehalten, bis sie ausreichend poliert ist.
Während der Arbeit wurde munter geplaudert. Von Südafrika, wo Jacobus Vandergaart seit vierzig Jahren wohnte, wußte er viel zu berichten. Vor allem wurde er niemals müde, seinen Kummer über die Engländer vorzutragen, die er für die übelsten Diebe und Landräuber der Welt hielt.
»Kein Wunder, daß die Vereinigten Staaten sich unabhängig gemacht haben«, sagte er gern. »Wer will sich mit einer solchen Tyrannei schon abfinden? Ich will Ihnen erzählen, was diese Engländer mir angetan haben. Meine Familie und ich, wir waren Holländer und stolz darauf. Wir konnten uns nicht damit zufriedengeben, als England sich der Kapkolonie bemächtigte. Wir zogen tiefer ins Land, um uns ein Vaterland zu schaffen, das uns allein gehörte. Kaum hatten wir die wilden Ländereien unter den Pflug genommen, da kam die englische Regierung schon wieder hinter uns her und wollte uns beherrschen, weil wir britische Untertanen seien!
Das führte zu der großen Wanderung im Jahre 1833. Wieder ver-

ließen wir in langen Zügen das Land und zogen nach Norden in das Gebiet von Natal, das damals von dem Zulu-König Dingaan beherrscht wurde. Kaum hatten wir in langen Gefechten seine Macht gebrochen, da schickte der Gouverneur der Kapkolonie auch schon seine Truppen. Wir waren noch immer englische Untertanen!

Endlich gelang es uns, die Anerkennung unserer Unabhängigkeit im Oranje-Freistaat durchzusetzen. Wir schufen eine Republik, und niemand kann behaupten, daß unser kleiner Staat schlechter als viele andere gewesen wäre. Das Griqua-Land, in dem wir uns hier befinden, gehörte dazu. Hier hatte ich mich niedergelassen, hier lebte ich mit meiner Frau und meinen beiden Kindern. Zehn Jahre später kam John Watkins in dieses Land und baute seine erste Hütte. Damals wußte man noch nicht, daß es hier Diamanten gab, und mein altes Gewerbe als Diamantenschneider hatte ich fast vergessen.

1867 verbreitete sich plötzlich das Gerücht, ein Bure habe auf seiner Farm Diamanten gefunden. Und bald darauf erklärte die englische Regierung, Griqua-Land gehöre ihr. Unsere Republik erhob vergeblich Einspruch, England besetzte einfach unser Gebiet.

Das Diamantenfieber ließ mich als fast den einzigen in dieser Gegend unberührt. Ich baute nach wie vor mein Gemüse an, als ich eines Tages feststellen mußte, daß John Watkins die Mauer um mein Grundstück über Nacht um dreihundert Meter versetzt hatte, so daß ein breiter Streifen Land nun ihm gehörte. Ich beschwerte mich bei ihm – er lachte nur. Drei Tage später erfuhr ich den Grund für sein Handeln. Der Streifen Land war eine Diamantenmine – die Vandergaart-Grube. Deshalb hatte Watkins die Grenze meines Landes versetzt. Dann war er nach Kimberley gegangen und hatte die Mine offiziell auf seinen Namen angemeldet.

Ich ging vor Gericht . . . Die Erfahrungen, die ich dabei gemacht habe, möchte ich Ihnen nicht wünschen, Herr Méré! Nach und nach verlor ich darüber alles, was ich besaß, und nach einem Jahr voller Winkelzüge hatte ich den Prozeß verloren. Im Urteil hieß es, das Gericht könne keine Klärung erreichen, und für die Zukunft solle eine neue Grenze gelten. Der 25. Grad östlicher Länge wurde als Grenze festgelegt: das Gelände westlich davon sollte John Watkins behalten, das im Osten ich. Die Mine lag natürlich im Westen. Glauben Sie mir jetzt, Herr Méré, daß alle Engländer Gauner sind?«

6

Man kann sich vorstellen, daß der Inhalt dieses Gespräches dem jungen Ingenieur nicht gerade angenehm war. Schließlich hoffte er noch immer, den derart Angegriffenen zum Schwiegervater zu gewinnen, und so gewöhnte er sich daran, die Ansichten Jacobus Vandergaarts über die Rechtsverhältnisse der Diamantengrube als eine fixe Idee zu betrachten, von der man vieles abziehen müsse. Einmal hatte Cyprien John Watkins auf diese Angelegenheit angesprochen, und der Farmer hatte zunächst laut aufgelacht, und dann sich unter Kopfschütteln mit dem Finger an die Stirn getippt, wie um zu zeigen, daß der alte Vandergaart nicht mehr ganz richtig beieinander sei.
War es denn nicht möglich, daß der Alte sich unter dem Eindruck der Diamantenfunde die ganze Sache in den Kopf gesetzt hatte? Schließlich hatte das Gericht ihm in allen Punkten Unrecht gegeben, und es war doch sicherlich unwahrscheinlich, daß die Richter mit Absicht das Recht verfälscht hatten. Mit solchen Überlegungen entschuldigte Cyprien Méré die Tatsache, daß er John Watkins auch weiterhin besuchte, obwohl er erfahren hatte, wie Jacobus Vandergaart über den Farmer dachte.
In der Grube nahm die Arbeit inzwischen wie gewöhnlich ihren Fortgang, unterbrochen und aufgelockert nur von jener Art Vergnügungen, wie sie in derartigen Niederlassungen an der Tagesordnung sind. Hierbei tat sich besonders der Neapolitaner Annibale Pantalacci hervor, dem es übrigens recht gut zu gehen schien, denn er ließ auf seinem Claim drei Kaffern für sich arbei-

ten und trug einen großen Diamanten am Hemd. Er hatte es besonders auf den Chinesen Li abgesehen, der sich ebenfalls an der Vandergaart-Grube niedergelassen und eine Wäscherei aufgemacht hatte. Cyprien amüsierte sich immer wieder über den Anblick des Chinesen, wenn er ernsthaft und schweigend, mit einem großen Korb beladen, seinen Kunden die Wäsche brachte.
Andererseits ärgerte es ihn immer wieder, wie Pantalacci dem armen Teufel zusetzte. Er warf ihm Tintenflaschen in den Waschbottich, spannte vor seiner Tür Seile, um ihn zu Fall zu bringen, beschimpfte ihn bei jeder Gelegenheit als einen »Hund von einem Heiden« und war nur deshalb Kunde bei dem Chinesen geworden, um ihn so oft wie möglich quälen zu können.
Derartige grobe Späße wurden im Lager viel belacht. Ernster wurde es, wenn ein in der Grube arbeitender Neger des Diebstahls beschuldigt wurde; dann hielten es alle sofort für ihre Pflicht, über ihn herzufallen und ihn unter Schlägen und Tritten zum Richter zu bringen. Wurde er freigesprochen, so hatte er doch eine kräftige Tracht Prügel weg. Aber Freisprüche waren in diesen Fällen selten. Der Richter war mit seinem Schuldspruch schnell bei der Hand, und das Urteil lautete gewöhnlich auf vierzehn Tage Zwangsarbeit und zwanzig Hiebe mit der neunschwänzigen Katze. Aber schlimmer noch als der Diebstahl von Diamanten wurde ein anderes Vergehen beurteilt – die Hehlerei.
Ward, der Yankee, der mit Cyprien zusammen ins Land gekommen war, um eine Kneipe aufzumachen, mußte das am eigenen Leibe erfahren, weil er von einem Kaffern Diamanten gekauft hatte. Ein Kaffer durfte keine Diamanten besitzen, denn es war ihm sowohl verboten, sie zu kaufen, als auch einen Claim auf eigene Rechnung zu bearbeiten. Kaum war der Vorfall bekannt geworden, als sich schon eine wütende Menge über die Kneipe des Amerikaners hermachte, alles zusammenschlug und schließlich in Brand steckte. Schon war der Galgen für Ward errichtet, und er wäre ohne weiteres aufgehängt worden, wenn nicht noch rechtzeitig ein Dutzend berittene Polizisten den Amerikaner gerettet und ins Gefängnis abgeführt hätten.

In dieser gemischten, halbwilden und jähzornigen Gesellschaft waren derartige gewalttätige Auftritte keine Seltenheit. Die Gier nach Diamanten, das Klima, Enttäuschungen und Alkohol trugen dazu bei, die Köpfe zu erhitzen. Dazu kam, daß das Glück nur wenigen hold war; auf jeden Erfolgreichen kamen Hunderte, die gerade genug für ein kümmerliches Leben aus der Erde holten.

Cyprien erkannte dies jeden Tag deutlicher, und er fragte sich, ob er eine so wenig lohnende Arbeit noch fortsetzen sollte, als ihm ein Zufall die Entscheidung abnahm.

Eines Morgens begegnete er etwa einem Dutzend ausgehungerter Kaffern, die frisch ins Lager gekommen waren, um Arbeit zu suchen. Sie hatten eine wochenlange Reise hinter sich, sie hatten nur wenig Nahrung gefunden und wirkten eher wie wandelnde Leichname als wie lebende Wesen. Niemand schien an ihrer Arbeitskraft interessiert, und so hockten sie teilnahmslos am Weg und warteten apathisch auf ihr Schicksal. Cyprien war von ihrem Anblick erschüttert. Er besorgte ihnen einen Kessel mit warmem Essen und sah ihnen zu, wie sie sich heißhungrig darüber hermachten. Man hätte glauben können, Schiffbrüchige zu sehen, die nach vierzehntägiger Irrfahrt gerettet wurden. Sie schlangen alles mit einer Gier in sich hinein, daß Cyprien eingreifen mußte, damit sie nicht zuviel auf einmal aßen. Nur einer der Neger, ein junger, intelligent aussehender Bursche, hielt sich beim Essen besonnen zurück; und er war auch der einzige, der sich bei Cyprien bedankte, indem er auf ihn zutrat und die Hand des jungen Ingenieurs mit einer ungekünstelten Bewegung auf seinen Krauskopf legte.

»Wie heißt du?« fragte Cyprien, dem der Junge gefiel. »Matakit«, antwortete der Kaffer, der einige englische Worte verstand.

Matakit erweckte auf den ersten Blick Vertrauen, und so kam Cyprien auf den Gedanken, ihn auf seinem Claim für sich arbeiten zu lassen.

»Nun, Matakit, du kamst doch sicherlich hierher, um Arbeit zu suchen?« fragte er.

Der junge Kaffer bejahte mit einem Zeichen.
»Willst du bei mir arbeiten? Ich liefere dir das Werkzeug und das Essen, und außerdem zahle ich dir 20 Shilling im Monat.«
Das war der übliche Tarif, den niemand überschreiten konnte, wenn er nicht das ganze Lager gegen sich aufbringen wollte. Aber im Stillen nahm Cyprien sich vor, diesen bescheidenen Lohn durch Kleidung und Eßgeschirr aufzubessern.
Matakit zeigte statt einer Antwort nur lachend die Zähne und legte sich Cypriens Hand wieder auf den Kopf. Damit war der Vertrag abgeschlossen, und Cyprien versorgte seinen Diener sogleich mit Kleidung aus seinen Beständen. Und da der Kaffer zwar etwas englisch verstand, aber kein Wort sprach, machte der junge Ingenieur sich daran, die Zeit zu nutzen, in der Matakit noch nicht arbeiten konnte, weil er von den überwundenen Strapazen noch zu erschöpft war: Er betätigte sich als Missionar der französischen Kultur und brachte dem Jungen Französisch bei. Der Erfolg überraschte ihn. Matakit hatte ein außergewöhnliches Gedächtnis und beherrschte auch bald die Aussprache ziemlich gut. Binnen einer Woche konnte er seine Gedanken zwar nicht korrekt, aber doch immerhin verständlich auf Französisch zum Ausdruck bringen. So erfuhr der Franzose auch die Lebensgeschichte seines Schützlings. Sie war recht kurz und einfach.
Matakit konnte nicht sagen, wie sein Heimatland hieß. Er konnte nur mitteilen, daß die Menschen dort sehr elend lebten. Deshalb hatte er wie einige andere Krieger seines Stammes sein Glück in den Gruben versuchen wollen und war ausgewandert. Sein Glück: das beschränkte sich auf einen roten Mantel und hundert Silberstücke. Dann wollte er sich ein Gewehr und Munition kaufen und damit in seinen Kral zurückkehren. Dort würde er sich eine Frau kaufen und wäre ein gemachter Mann, den alle um sein Gewehr und sein Vermögen beneiden würden, bis er einst friedlich zu seinen Vätern heimging.
Cyprien wurde nachdenklich, als er dieses bescheidene Ziel hörte. Sollte er den jungen Kaffern aus seiner Unwissenheit reißen und ihm würdigere Ziele zeigen als einen roten Mantel und ein

altes Gewehr? Oder war es nicht besser, ihn in seiner Unschuld zu lassen und ihn in seinen Kral so zurückkehren zu lassen, wie er gekommen war? Das war eine schwierige Frage, deren Lösung jedoch Matakit selbst sehr bald ubertlussig machte.
Kaum beherrschte er nämlich die Anfangsgründe der französischen Sprache, als er auch schon einen ungewöhnlichen Wissensdurst zeigte. Er fragte ständig, wollte alles wissen, den Namen jedes Gegenstandes, seinen Sinn und seinen Ursprung. Er war mit einem Wort unersättlich. Eine so offensichtliche Begabung konnte Cyprien Méré nicht einfach brach liegen lassen. Er entschloß sich also, dem Neger eine Stunde täglich Unterricht zu erteilen, und Alice Watkins übernahm es, den jungen Kaffern abzuhören. Matakit war unermüdlich. Selbst bei der Arbeit sagte er seine Lektionen ständig vor sich her, und mit seiner Begeisterung steckte er auch seinen Freund Bardik an, den Cyprien auf Empfehlung Matakits ebenfalls auf seinem Claim angestellt hatte.
Endlich hatte Cyprien auch einmal Glück: Er fand einen Diamanten von sieben Karat, den er für fünftausend Francs verkaufen konnte. Das war ein recht gutes Geschäft, und ein normaler Diamantengräber wäre glücklich gewesen. Cyprien aber dachte anders.
»Wenn ich alle zwei oder drei Monate ein solches Glück habe«, fragte er sich, »was habe ich dann davon? Ich brauche nicht einen solchen Stein, ich brauche hunderte davon, wenn ich Alice gewinnen will.«
Solche Gedanken erfüllten den jungen Ingenieur wieder einmal, als er eines Tages auf dem Heimweg von der Grube um eine Hütte bog und plötzlich ein schreckliches Bild vor sich sah.
An der Deichsel eines Büffelkarrens, der mit seinem Vorderende hoch in die Luft ragte, hing unbeweglich der Körper eines Mannes wie ein Senkblei. Es war der Chinese Li, der dort, den langen schwarzen Zopf um den Hals geschlungen, dem Tode nahe war. Cyprien Méré überlegte nicht lange, er holte den Chinesen herunter, trug ihn in den Schatten und begann fieberhaft mit Wiederbelebungsversuchen. Es war noch nicht zu spät. Das Herz

Voller Entsetzen erblickte Cyprien Méré den Chinesen an seinem Zopfe hängend.

schlug noch schwach, und bald schlug Li die Augen auf. Auch jetzt blieb sein Gesicht teilnahmslos und unbeteiligt.
»Wer hat Sie hier aufgehängt?« fragte der junge Ingenieur.
»Ich selbst«, antwortete der Chinese, als sei das ganz selbstverständlich.
»Sie selbst? Sie wollten also Selbstmord begehen ... Und warum?«
»Mir war heiß ... Ich hatte schlechte Laune«, erklärte der Chinese und schloß wieder die Augen, als wolle er weiteren Fragen ausweichen.
»Das sind doch keine Gründe. Sprechen Sie offen! Da steckt doch bestimmt wieder Pantalacci dahinter?«
Der Chinese senkte den Kopf.
»Er wollte mir den Zopf abschneiden, und irgendwann hätte er es sicher auch geschafft.« Gleichzeitig sah Li eben diesen Zopf in der Hand des Franzosen: »O Herr ... Sie haben ihn mir abgeschnitten!«
»Ich mußte es, um Sie loszumachen, mein Freund«, antwortete Cyprien. »Aber deshalb sind Sie doch nicht weniger wert ...«
Es half nichts. Li war so verzweifelt über den Verlust seines Zopfes, daß Cyprien Méré lange auf ihn einreden mußte, bis er ihn beruhigt hatte. Er versprach, ihn vor den Quälereien Pantalaccis in Schutz zu nehmen, gab ihm alle Wäsche zum Waschen und konnte ihn schließlich auch über seine Verstümmelung hinwegtrösten, indem er ihm erklärte, der Strick eines Gehängten bringe Glück, und nun, da er seinen Zopf in der Tasche tragen könne, könne nichts mehr passieren.
»Wenigstens kann Pantalacci ihn mir nicht mehr abschneiden«, meinte Li philosophisch, und damit war die Behandlung erfolgreich abgeschlossen.

7

Fünfzig Tage lang hatte Cyprien keinen einzigen Diamanten gefunden, und die Arbeit erschien ihm immer mehr als ein albernes Glücksspiel, so lange man nicht Kapital genug besaß, um einen wirklich guten Claim zu kaufen und ihn von einem Dutzend Kaffern bearbeiten zu lassen.
Eines Morgens ließ Cyprien die beiden Neger mit Thomas Steel allein zur Grube gehen und blieb im Zelt zurück, um einen Brief an seinen Freund Pharamond Barthès zu schreiben, der ihm mitgeteilt hatte, er werde in der nächsten Zeit am Limpopo seiner Jagdlust nachgehen.
Cyprien hatte kaum zu schreiben begonnen, als ein gewaltiger Krach ihn hochschrecken ließ. Als er aus dem Zelt stürzte, sah er ein unbeschreibliches Gewimmel von Leuten, die in höchster Erregung auf die Grube zustürzten.
»Ein Einsturz!« schrie es von allen Seiten, und tatsächlich war eine ganze Erdwand von etwa sechzig Meter Höhe und zweihundert Meter Länge in Bewegung geraten; mehrere Tonnen Kies waren in die Claims hinabgeschossen, hatten Menschen, Büffel und Karren mit sich hinabgerissen und unter sich begraben. Zum Glück hatte die Arbeit noch nicht überall begonnen, sonst wäre das halbe Lager diesem Unglück zum Opfer gefallen.
Cypriens erster Gedanke galt seinem Partner Thomas Steel, den er jedoch zu seiner Erleichterung bald in einer Gruppe von Menschen entdeckte.
»Wir sind mit blauem Auge davongekommen«, meinte der Engländer erleichtert und drückte Cyprien die Hand.
»Und Matakit?« fragte Cyprien.
»Der arme Kerl liegt drunter«, antwortete Thomas Steel, »er war gerade heruntergestiegen und hatte den ersten Eimer gefüllt, als der Einsturz passierte.«
»Aber vielleicht können wir ihn noch retten ...«
»Daß er unter diesen Massen noch leben sollte, ist mehr als unwahrscheinlich. Und außerdem hätten zehn Mann mehrere Tage zu tun, um an ihn heranzukommen.«

»Das macht nichts«, sagte der junge Ingenieur entschlossen. »Es soll niemand sagen, wir hätten nicht einmal versucht, ihn herauszuholen.«
Schnell versprach er den umstehenden Negern einen Tageslohn von fünf Shilling, wenn sie sich unter seiner Anleitung an die Arbeit machen wollten. Etwa dreißig Kaffern stimmten sofort zu, und ohne eine Minute zu verlieren, ging man daran, die Schuttmassen über den Claims abzutragen. Auch Thomas Steel konnte sich dem Eifer seines Partners nicht entziehen und ging an die Arbeit.
Gegen Mittag waren schon mehrere Tonnen Sand und Gestein herausgeschafft.
Um drei Uhr stieß Bardik einen heiseren Schrei aus; er hatte mit seiner Hacke einen schwarzen Fuß freigelegt. Die Anstrengungen wurden verdoppelt, und nach wenigen Minuten war Matakit ausgegraben. Er lag auf dem Rücken, rührte sich nicht mehr und war allem Anschein nach tot. Durch einen merkwürdigen Zufall hatte sich einer der Ledereimer über sein Gesicht gelegt und bedeckte es wie eine Maske.
Das erweckte in Cyprien die Hoffnung, den Kaffern ins Leben zurückzurufen; die Hoffnung war allerdings schwach, denn das Herz schlug nicht mehr, die Haut war kalt, die Hände wie im Todeskampf verkrampft und das Gesicht war entsetzlich verzerrt.
Cyprien verlor trotzdem nicht den Mut. Er ließ Matakit in eine nahe gelegene Hütte schaffen und behandelte ihn systematisch wie einen Ertrunkenen.
»Sehen Sie, Herr Méré, er hat noch einen Erdklumpen in der Hand«, sagte Thomas Steel, der den Körper des jungen Kaffern wie ein Wilder massierte. Und tatsächlich führten die vereinten Bemühungen zum Erfolg. Die Haut erwärmte sich langsam, und Cyprien glaubte, ein leichtes Zittern des Herzens bemerken zu können. Bald wurden diese Symptome deutlicher. Der Puls fing an zu schlagen; leichten Atemzügen folgte plötzlich ein zweimaliges krampfhaftes Niesen, und Matakit öffnete die Augen.
»Hurra!« brüllte der Engländer. »Wir haben es geschafft! Aber

sehen Sie doch, er hat immer noch den Erdklumpen in der Hand.«

Cyprien hatte jedoch andere Sorgen. Er flößte Matakit einen Löffel Rum ein und half ihm, sich aufzurichten. Schließlich wickelte er ihn in eine Decke und ließ ihn schlafen. Während Thomas Steel und die anderen ihren Erfolg in der Kneipe feierten, bewachte der junge Ingenieur den Schlaf des Kaffern, der ihm in den letzten Wochen immer sympathischer geworden war. Seine Intelligenz und sein Arbeitseifer waren kaum zu übertreffen; er war verläßlich, gutmütig und immer lustig. Allerdings hatte Matakit auch einen Fehler: er stahl. Nicht etwa besonders wertvolle Dinge, sondern Kleinigkeiten, die ihm gefielen und von denen er die Finger nicht lassen konnte. Eines Unrechts war er sich dabei nicht bewußt. Während er den Schläfer betrachtete, dachte er über diese schlechte Eigenschaft nach, die er sich nur aus der Vergangenheit Matakits bei seinem Stamm erklären konnte.

Als es Abend wurde, erwachte Matakit so frisch und munter, als sei überhaupt nichts vorgefallen. Er konnte jetzt erzählen, was er erlebt hatte. Der Eimer, der sich über sein Gesicht gelegt hatte, und eine lange Leiter, die schräg über ihn gefallen war, hatten ihn zunächst gegen die Erdmassen und dann längere Zeit vor dem Erstickungstod geschützt, da sich eine kleine Luftblase gebildet hatte.

Aber sein Luftvorrat hatte nicht ewig vorgehalten. Er war zwar sparsam damit umgegangen, hatte so flach wie möglich geatmet, aber dann war der Zeitpunkt gekommen, zu dem er das Bewußtsein verlor, und danach wußte er von nichts mehr. Cyprien ließ den jungen Kaffern, nachdem er zu Ende erzählt hatte, wieder einschlafen und begab sich auf die Watkins-Farm. Es drängte ihn, mit Alice die Ereignisse des Tages zu besprechen.

»Selbst nach Diamanten zu suchen, dagegen ist nichts einzuwenden«, sagte er zu ihr. »Aber einen armen Teufel dafür zu bezahlen, daß er sein Leben riskiert – das ist einfach erbärmlich.«

Aber was sollte er tun? Er erzählte ihr von der Einladung seines Freundes Pharamond Barthès, ihn auf seinen Jagdzügen zu begleiten, und bat sie um ihren Rat.

»Alles, was Sie mir da sagen«, antwortete sie, »habe ich mir auch schon überlegt. Ich habe gar nicht verstehen können, wie Sie als Ingenieur und Gelehrter ein derartiges Leben führen. Ist Ihre Zeit nicht viel zu kostbar dafür?«

Cyprien hätte ihr leicht die Gründe erklären können, warum er sich der Diamantensuche gewidmet hatte – aber rechtzeitig fiel ihm das Versprechen ein, das ihr Vater ihm abgenommen hatte: nämlich ihr gegenüber zu schweigen.

Alice fuhr fort:

»Wenn Sie unbedingt Diamanten besitzen wollen, Herr Méré, warum suchen Sie sie nicht dort, wo Sie viel bessere Aussichten haben, welche zu finden, nämlich in Ihrem Schmelztiegel? Sie sind Chemiker, Sie wissen über die Struktur dieser Steine besser Bescheid als sonst jemand – versuchen Sie doch, Diamanten selbst herzustellen, als sich damit abzuplagen, fertige zu finden!«

Alice sprach mit einer solchen Begeisterung, mit so viel Vertrauen in die Fähigkeiten des jungen Ingenieurs, daß es ihn nicht störte, als Herr Watkins in diesem Augenblick das Gespräch unterbrach. Auf dem Heimweg dachte er wieder und wieder über diese Möglichkeit nach.

»Warum auch nicht?« fragte er sich. »Vor hundert Jahren hätte man die künstliche Herstellung von Diamanten noch als Utopie betrachtet, aber heute? Rubine, Smaragde und Saphire hat man schon künstlich hergestellt, bei Diamanten ist man ebenfalls dem Ziele nahe – warum soll ich es nicht sein, der den letzten Schritt vollbringt?«

Die ganze Nacht grübelte Cyprien über dieses Problem nach, dann hatte er seinen Entschluß gefaßt. Er teilte Thomas Steel mit, daß er zumindest vorläufig in der Grube nicht mehr mitarbeiten wolle und verschloß sich dann in seinem Laboratorium, um über das neue Projekt nachzudenken.

8

Cyprien hatte sich während des ganzen vorhergegangenen Jahres mit der Löslichkeit fester Körper in Gasen beschäftigt. Dabei war ihm natürlich auch aufgefallen, daß bestimmte Substanzen wie Kieselsäure und Tonerde zum Beispiel, die im Wasser an sich nicht löslich werden, diese Eigenschaft unter starkem Druck und bei hoher Temperatur im Wasserdampf annehmen. So kam er auf den Gedanken, zuerst zu prüfen, ob er nicht ein gasartiges Lösungsmittel des Kohlenstoffs finden könne, um diesen dann zur Kristallisation zu bringen. Aber nach mehreren Wochen ständiger Versuche mußte er erkennen, daß er in dieser Richtung gescheitert war.

Nun ging der junge Ingenieur von der Hypothese aus, daß der Diamant in den Gruben vielleicht ebenso entstünde wie der Schwefel in den Solfataren. Der Schwefel entsteht hier durch eine halbe Oxydation des Schwefelwasserstoffs, wobei ein Teil sich als Schwefelsäure absetzt, während ein anderer sich in kristallischer Form an den Wänden der Solfataren niederschlägt.

»Könnten die Diamanten in den Gruben nicht analog entstanden sein?« fragte sich Cyprien. »Offenbar gelangt zusammen mit dem Wasser und den angeschwemmten Ablagerungen auch eine Mischung von Kohlenstoff und Sauerstoff in Form von Sumpfgas in diese Lagerstätten. Wäre es möglich, daß die Oxydation des Wasserstoffs, in Verbindung mit der teilweisen Oxydation des Kohlenstoffs, die Auskristallisierung des Kohlenstoffs veranlaßt?«

Von dieser Überlegung war es nur ein Schritt bis zu dem Versuch, diese Bedingung künstlich herzustellen – für einen Chemiker eine Selbstverständlichkeit. Cyprien holte sich aus dem Grunde der Grube einen Vorrat jener Erde, die er für die geeignetste hielt. Dann vermengte er mit dieser Erde ein ziemlich fettes Material, mit dem er das Innere eines Stahlrohres von einem halben Meter Länge und einem Durchmesser von acht Zentimetern sorgfältig ausfüllte. Bei diesem Stahlrohr handelte es sich um den Lauf einer alten Kanone, der in der Werkstatt des alten Jacobus Vandergaart passend zurechtgeschnitten wurde.

Das Rohr wurde an einem Ende verschlossen. Dann legte Cyprien Kupferbruchstücke hinein, füllte etwa zwei Liter Wasser nach und füllte es schließlich vollständig mit Sumpfgas. Schließlich verkittete er das Rohr sorgfältig und schloß beide Enden fest mit Metallpfropfen ab. Nun war der Apparat fertig und brauchte nur noch einer möglichst starken Hitze ausgesetzt werden.
Dazu wurde er in einen großen Ofen gebracht, in dem Tag und Nacht das Feuer unterhalten werden sollte. Das Ganze sah aus wie ein riesiger Bienenkorb oder eine Eskimohütte. Matakit, der sich an dem Projekt eifrig beteiligte, übernahm es, das Feuer zu unterhalten; dabei half ihm öfters der Chinese Li, der sich mit dem jungen Kaffern angefreundet hatte und dem jungen Ingenieur seinen Dank ausdrücken wollte.
Cyprien dagegen hatte Anlaß zu Sorgen. John Watkins schien inzwischen fest entschlossen, seine Tochter unter die Haube zu bringen, und seit einiger Zeit gaben sich die Bewerber auf der Farm ein tägliches Stelldichein. Nicht nur James Hilton, sondern auch alle anderen unverheirateten und erfolgreichen Diamantengräber wurden zum Essen eingeladen und seiner Tochter vorgeführt.
Der Deutsche Friedel und Annibale Pantalacci gehörten ebenfalls zu dieser Gesellschaft. Beide waren sehr erfolgreich gewesen, ohne daß dies ihren Charakter hätte anziehender erscheinen lassen. Friedel war noch dogmatischer als zuvor, seitdem er ein Vermögen im Rücken hatte, und Pantalacci überbot sich in schlechten Scherzen. Cyprien jedenfalls war verzweifelt, und daran konnte auch nicht ändern, daß Alice der Versammlung von Brautwerbern nur sehr zurückhaltend begegnete.

9

Zwei Wochen lang war das Feuer geschürt worden, und nun sollte endlich das Ergebnis des Experiments zutage treten. Nachdem der Ofen eine weitere Woche unberührt blieb, damit er abkühlen

Von Matakit geschürt, umloderte die Hitze Cyprien Mérés geniale Versuchsanordnung.

konnte, machte sich Cyprien daran, mit der Spitzhacke die verhärtete Tonschicht abzuschlagen, die den Ofen umgab. Und dann blickte der Ingenieur enttäuscht auf das Kanonenrohr, das alle seine Hoffnungen umschloß – es war zersprungen. Unter dem ungeheuren Druck des sehr stark erhitzten Wasserdampfes und des Sumpfgases hatte selbst der fünf Zentimeter starke Stahl nachgegeben; ein schwarzer Spalt schien den jungen Franzosen grinsend zu verhöhnen. Schon wollte er sich enttäuscht abwenden, als die wissenschaftliche Neugier doch die Oberhand gewann und ihn veranlaßte, das Innere des Rohres zu untersuchen. Der feuerfeste Ton hatte sich in Backstein verwandelt, von dem sich jedoch ein etwa apfelsinengroßer Brocken gelöst hatte und frei im Inneren lag. Cyprien konnte ihn leicht durch den Sprung herausziehen, und gerade wollte er ihn zur Seite werfen, als er merkte, daß der Brocken hohl war und in seinem Inneren anscheinend ein anderes Stück enthielt.

»Die reine Sparbüchse!« sagte sich Cyprien, zerschlug den Brokken mit einem Hammer und holte den Inhalt heraus. Verblüfft starrte er auf einen Diamanten von riesigem Umfang, größer als jeder, den er bisher gesehen hatte.

»Ein Diamant... ein künstlicher Diamant!« wiederholte Cyprien immer wieder. »Ich habe einen Diamanten künstlich hergestellt! Das Problem ist gelöst, ich bin reich – und Alice gehört mir!«

Aber dann regten sich die ersten Zweifel in ihm.

»Das ist doch unmöglich, das kann doch einfach nicht wahr sein...«, und ohne eine Sekunde zu zögern, rannte Cyprien wie ein Irrsinniger zu Jacobus Vandergaart. Der prüfte gerade einige Diamanten, die der Händler Nathan ihm zum Schleifen übergeben hatte. Wie eine Bombe platzte Cyprien in die kleine Hütte.

»Ah, Herr Nathan!« rief er. »Sehen Sie sich das an! Und Sie, Herr Vandergaart, sehen Sie, was ich bringe, und sagen Sie mir, was das ist!«

Er legte seinen Stein auf den Tisch und stellte sich mit verschränkten Armen davor.

Nathan griff als erster nach dem Stein, erblaßte und übergab ihn mit aufgerissenen Augen und offenem Mund Jacob Vandergaart. Der hob ihn an die Augen, ging ans Fenster und betrachtete ihn noch einmal sorgfältig mit der Lupe. Dann legte er ihn wieder auf den Tisch und starrte Cyprien an.

»Das ist der größte Diamant der Welt«, sagte er schließlich ruhig.

»Ja, ohne Zweifel!« rief Nathan. »Vier- oder fünfmal so groß wie der Koh-i-noor, der Stolz der englischen Krone, der geschliffen noch 170 Karat wiegt.«

»Zwei- oder dreimal so groß wie der Großmogul mit seinen 280 Karat! Und das ist der größte bekannte Diamant!« fügte der alte Vandergaart hinzu.

»Ich schätze ihn, auch nach dem Schliff, noch auf mindestens 400 Karat!«

»Und er muß an die hundert Millionen Francs wert sein«, rief wieder Nathan. Und die beiden Männer überboten sich in Ausrufen der Bewunderung, während Cyprien längst schon wieder seinen Stein genommen und aus dem Haus gerannt war. Er stürmte in das Wohngebäude der Farm, traf dort Alice, die ihn verwundert ansah, nahm sie, ohne zu überlegen, in die Arme und küßte sie auf beide Wangen.

»He, was soll das!« rief Herr Watkins, der mit Annibale Pantalacci beim Kartenspiel saß.

»Entschuldigen Sie, Fräulein Watkins«, stammelte Cyprien ganz erschrocken, aber immer noch vor Freude strahlend. »Ich bin zu glücklich! Sehen Sie, was ich hier bringe!«

Und er warf den Diamanten fast auf den Tisch.

»Das haben Sie gefunden, auf Ihrem Claim?« rief der Farmer überrascht.

»Gefunden?« rief Cyprien triumphierend. »Gemacht habe ich ihn! Und ich verdanke das nur Ihrer Tochter, die mich auf die Idee gebracht hat.«

John Watkins und der Neapolitaner sahen sich kopfschüttelnd an. Sie wußten offenbar nicht, was sie davon halten sollten.

»Sie haben diesen Stein selbst hergestellt?« fragte der Farmer schließlich. »Dann ist er also nicht echt?«

Jacobus Vandergaart rang nach Worten.
»Das ist der größte Diamant, den ich in meinem Leben gesehen habe.«

»Nicht echt?« rief Cyprien. »Meinetwegen, nicht echt. Jacobus Vandergaart und Nathan schätzten ihn aber immerhin auf 50 bis 100 Millionen. Was heißt echt! Künstlich ist er, hergestellt durch ein Verfahren, das ich erfunden habe. Sehen Sie ihn an, er ist genauso echt wie jeder andere Diamant! Nichts fehlt ihm!«
»Und Sie meinen, Sie könnten noch mehr solche Diamanten machen?« fragte John Watkins etwas gereizt. »Ob ich meine? Natürlich meine ich! Schaufelweise werde ich Ihnen die Dinger liefern, den Garten können Sie sich damit einzäunen, die Terrasse pflastern!« John Watkins wurde kreidebleich.
»Wenn das stimmt, dann ist das der Ruin, für mich, für alle, die hier arbeiten, für das ganze Land!«
»Ja, natürlich!« meinte Cyprien seelenruhig. »Weshalb soll man noch die Erde nach solchen Steinen durchwühlen, wenn man sie hundertmal so groß selbst herstellen kann?«
»So! So ist das also!« sagte der Farmer sehr ruhig. »Wenn das wirklich so ist, dann müßte man Sie sofort auf der Hauptstraße des Lagers öffentlich erschießen . . . Das ist meine Meinung!«
»Und meine auch!« füge Annibale Pantalacci drohend hinzu.
Alice Watkins wurde bleich.
»Mich erschießen, weil ich ein wissenschaftliches Problem gelöst habe?« fragte Cyprien verwundert. »Das ist doch lächerlich!«
»Lächerlich nennen Sie das? Ja, haben Sie denn an die Folgen Ihres Experiments gedacht? In den Gruben wird nicht mehr gearbeitet, die wichtigste Industrie des Landes ist lahmgelegt, ich bin am Bettelstab, und Sie nennen das lächerlich?«
»Sicher, das habe ich bisher noch nicht bedacht. Aber das sind eben die unvermeidlichen Folgen des industriellen Fortschritts, und die lassen sich nicht aufhalten. Was Sie persönlich übrigens angeht, Herr Watkins, so machen Sie sich keine Sorgen! Sie wissen ja recht gut, warum ich überhaupt auf die Suche nach Diamanten gegangen bin!«
John Watkins begriff plötzlich, welche Möglichkeiten ihm die Entdeckung des jungen Ingenieurs bot, und er beeilte sich, seinen Ton zu ändern.
»Wenn ich's mir recht überlege«, meinte er, »könnten Sie ja recht

haben, junger Mann. Andererseits wäre es doch sicherlich klüger, den Ursprung des Steines zunächst einmal im Dunkeln zu lassen, bis Sie ganz genau wissen, daß Sie in der Lage sind, noch mehr solche Steine herzustellen. Und außerdem wäre es selbst in diesem Falle nicht dumm, nichts über Ihre Erfindung bekanntzugeben: schon jetzt sind Sie Millionär; mit einigen weiteren Steinen dieser Größe wären Sie unermeßlich reich, und gleichzeitig hätten Sie es vermieden, die Interessen anderer Leute zu beeinträchtigen oder gar zu ruinieren.«

Wenn Cyprien den zweiten Gesichtspunkt auch nicht anerkennen wollte – die Wissenschaft war seinem Herzen näher als der Ruin zweifelhafter Diamantengräber – so konnte er sich doch dem ersten Argument nicht verschließen; er wußte ja nicht, ob die Herstellung des Diamanten nicht auf einen Zufall zurückzuführen war, den zu wiederholen ihm unter Umständen sehr schwer fallen würde. Daher beschränkte er sich zunächst darauf, den Stein zu Jacobus Vandergaart zu tragen.

»Mein lieber Jacobus«, begann er, »ich wäre Ihnen sehr dankbar, wenn Sie eine Facette an diesem Stein anschleifen könnten, damit wir erkennen können, was sich unter der Oberfläche verbirgt.«

»Mit Vergnügen«, antwortete der alte Steinschleifer. Er ging ohne Zögern ans Werk, und nach vier Stunden sorgfältigen Schleifens und Polierens war die Arbeit beendet. Der Diamant war schwarz! Jacobus Vandergaarts Hände zitterten, als er den Stein aus der Hand legte. »Das ist der schönste und merkwürdigste Edelstein, der jemals gefunden wurde«, sagte er schließlich. »Wie wird er erst aussehen, wenn er ganz geschliffen ist!«

»Würden Sie diese Arbeit übernehmen?« fragte Cyprien.

»Aber natürlich! Mit Freude! Das wäre die schönste Arbeit meines Lebens ... Aber vielleicht sollten Sie lieber einen jüngeren und sichereren Steinschleifer mit dieser Aufgabe betrauen?«

»Nein«, antwortete Cyprien mit Wärme. »Ich bin sicher, daß niemand diesen Stein besser schleifen wird als Sie. Nehmen Sie ihn, und schneiden Sie ihn, wie Sie es für richtig halten.«

Jacobus Vandergaart drehte den Stein zwischen den Fingern und schien unschlüssig.

»Es beunruhigt mich nur eins«, sagte er endlich. »Ich möchte einen so wertvollen Stein nicht in meinem Hause haben. Gerüchte sind nicht zu verhindern, und über kurz oder lang wüßte jeder, daß ich den Stein habe. Hören Sie mich an! Ich setze voraus, daß Sie mir unbedingt vertrauen. Ich muß sofort mit meinen Werkzeugen und dem Stein von hier fort, vielleicht nach Bloemfontein oder in eine andere Stadt. Dort werde ich mir ein ruhiges Zimmer nehmen, in aller Ruhe und Verschwiegenheit den Stein schleifen und dann erst wieder hierher zurückkehren. Dazu werde ich mindestens einen Monat brauchen. Sind Sie damit einverstanden?«

»Vollkommen, lieber Jacobus!« antwortete der junge Ingenieur, und noch zur gleichen Stunde packte Jacobus Vandergaart seine Werkzeuge zusammen und machte sich auf die Reise.

Cyprien kehrte indessen in seine Wohnung zurück. Ohne sich mit dem Abendessen aufzuhalten, machte er sich daran, einen Bericht an die Akademie aufzusetzen, in dem er alle Einzelheiten über seine Entdeckung und deren Ergebnis zu Papier brachte. Er maßte sich keinesfalls an, eine erschöpfende Erklärung vorlegen zu können; er wollte vielmehr lediglich der wissenschaftlichen Welt die Tatsachen vorlegen, die andere dazu bringen könnten, unklare Punkte aufzuklären. John Watkins hing derweil unruhig seinen Gedanken nach. Annibale Pantalacci und die anderen Steingräber würden durch die Herstellung künstlicher Diamanten ruiniert; für ihn selbst sah die Sache nicht ganz so bedrohlich aus. Sicherlich, die künstliche Herstellung von Diamanten würde seine Diamantengrube wertlos machen, seine landwirtschaftlichen Erzeugnisse wären nicht mehr so leicht an den Mann zu bringen, für seine Häuser und Hütten würden sich keine Mieter mehr finden – aber all das konnte noch einige Jahre dauern, und vielleicht hatte bei der Erzeugung des Diamanten ein besonders glücklicher Zufall mitgespielt! Auf jeden Fall hatte Cyprien einen ungeheuer wertvollen Stein hergestellt, und dieser Stein würde endgültig in der Familie Watkins bleiben. Cyprien hin, Cyprien her – über den jungen Mann brauchte man sich keine grauen Haare wachsen zu lassen. Im schlimmsten Fall gab es ja noch

Alice, die man ihm zur Frau versprechen, ja sogar zur Frau geben konnte... Eigentlich stand eben doch alles zum Besten.
Einen Wermutstropfen mußte er allerdings schlucken, als er erfuhr, daß Jacobus Vandergaart mit dem Stein in unbekannter Richtung abgereist war, und seine Zweifel an der Ehrlichkeit des alten Steinschleifers wurden von Annibale Pantalacci, von Friedel und dem Händler Nathan nach Kräften geschürt. Nur Cyprien glaubte unerschütterlich daran, daß Jacobus Vandergaart zur angegebenen Zeit mit dem fertig geschliffenen Diamanten wieder zurückkehren würde. Er sollte mit dieser Ansicht recht behalten.
Siebenundzwanzig Tage nach seiner Abreise kehrte Jacobus Vandergaart zurück. Heimlich schlüpfte er des nachts in sein Haus, um dem Stein die letzte Politur zu geben, und am neunundzwanzigsten Tage erschien der Alte bei Cyprien Méré und legte ihm ein kleines Holzkästchen auf den Tisch.
»Hier ist der Stein«, sagte er einfach.
Cyprien öffnete das Etui und stand wie versteinert da. Auf einer Unterlage von weißer Baumwolle lag ein ungeheurer schwarzer Kristall, der das Licht mit solcher Kraft brach, daß das ganze Laboratorium davon erleuchtet schien. Man merkte auf den ersten Blick, daß man hier einer Erscheinung gegenüberstand, die es auf der ganzen Welt nicht noch einmal gab.
»Das ist nicht nur der größte, sondern auch der schönste Edelstein der Welt«, sagte Jacobus Vandergaart mit einem gewissen Vaterstolz. »Er wiegt 432 Karat!«
Cyprien konnte nicht mehr ruhig dasitzen. Nachdem er dem alten Jacobus Vandergaart warm gedankt hatte, machte er sich auf den Weg zur Farm der Watkins, wo John Watkins wie jeden Tag so auch heute unruhig wartete, hin- und hergerissen zwischen Furcht und Hoffnung. Seine Tochter suchte ihn zu besänftigen, als Cyprien Méré das Zimmer betrat.
»Nun?« fragte John Watkins eifrig und besorgt.
»Nun«, meinte Cyprien ruhig, »Jacobus Vandergaart ist heute morgen zurückgekehrt.«
»Mit dem Diamanten?«

»Mit dem meisterhaft geschnittenen Diamanten, der noch immer 432 Karat wiegt.«

»432 Karat!« schrie John Watkins.

»Wo ist der Stein?« Der Farmer ergriff hastig das Kästchen, riß es auf, und seine Augen funkelten fast ebenso stark wie der Diamant, den er fast stumpfsinnig anstarrte. Er sprach auf ihn ein wie auf ein lebendes Wesen.

»Oh, der schöne Stein, der stolze Stein, der kostbare Stein«, rief er. »Du bist also wiedergekommen ... wie prächtig du aussiehst ... wie schwer du bist ... wieviel magst du wohl wert sein? Was sollen wir mit dir machen? Sollen wir dich nach England schicken, um dich bewundern zu lassen? Wer wäre reich genug, dich kaufen zu können? Noch nicht einmal der Königin würde es leicht fallen! Da wird wohl ein Parlamentsbeschluß nötig werden, das Volk muß für dich sammeln! Im Tower wirst du ausgestellt werden, neben dem Koh-i-noor, der neben dir ein Waisenknabe sein wird!«

Plötzlich fiel ihm noch etwas ein.

»Meinen Sie nicht, Herr Méré, daß der Eigentümer eines solchen Steines in den Adel erhoben werden müßte? Alle möglichen Leute werden geadelt, Bergsteiger, Weltumsegler, Jockeys, da wäre es doch nur selbstverständlich, wenn auch der Eigentümer eines so schönen Diamanten geadelt wird. Sieh doch, Alice, was dieser Stein alles vermag!«

Zum ersten Mal betrachtete Alice Watkins einen Diamanten mit Interesse.

»Er ist wirklich ausnehmend schön!« meinte sie. »Er leuchtet wie ein Stück glühende Kohle, was er ja eigentlich auch ist. Aber er ist schöner als Kohle; einen Stern könnte man ihn nennen!«

»Lassen wir ihm den Namen; nennen wir ihn den Stern des Südens. Ist er nicht ebenso schwarz wie die Schönheiten dieses Landes und so glanzvoll wie die Sternbilder dieser Breiten?« meinte Cyprien.

»Südstern – meinetwegen«, sagte John Watkins, dem der Name herzlich gleichgültig war. »Aber laß ihn doch nicht fallen«, fuhr er seine Tochter an. »Er könnte zerbrechen!«

»So zerbrechlich wäre dieses Ding?« fragte Alice etwas verächtlich. »Armer Stern, du bist also genauso verletzlich wie ein Glasflaschenstöpsel.«
»Die Kinder haben doch vor gar nichts mehr Respekt! Gerade in unserer schnellebigen Zeit solltest du mehr Achtung vor einer echten Leistung haben!« stöhnte Watkins.
»Fräulein Alice«, sagte Cyprien, »Ihnen verdanke ich die Anregung, diesen Stein herzustellen. Ich hoffe, daß Sie ihn zum Geschenk annehmen werden.«
»Häh?« machte der Farmer, der aus einer Erregung in die andere geriet. »Häh?«
»Fräulein Alice«, wiederholte Cyprien, »wie ich schon sagte: der Stein gehört Ihnen.«
Statt einer Antwort reichte ihm Alice nur die Hand, die er zärtlich drückte.

10

Die Nachricht von der Rückkehr Jacobus Vandergaarts hatte sich natürlich schnell verbreitet. Jedermann kam auf die Farm gelaufen, um sich den sagenhaften Diamanten selbst anzusehen. Bald wußte auch jedermann, daß zwar Alice Watkins die Eigentümerin des »Südsterns« sei, daß aber John Watkins ihn sehr schnell als den seinen betrachtet hatte. Die Öffentlichkeit wußte noch nicht, daß der Stein künstlich hergestellt worden war; einerseits hüteten sich die Mitwisser, das Geheimnis auszuplaudern, um sich nicht selbst zu schaden, andererseits zögerte Cyprien noch, etwas über seine Entdeckung zu sagen, solange er noch nicht sicher war, daß er tatsächlich hinter das Geheimnis der Herstellung künstlicher Diamanten gekommen war.
Die allgemeine Aufmerksamkeit richtete sich also auf den Diamanten, und John Watkins hätte, selbst wenn er gewollt hätte, das allgemeine Interesse nicht enttäuschen dürfen und können. Aber davon war er weit entfernt. Er stellte den »Südstern« in

seinem Besuchszimmer aus, auf einer kleinen weißen Marmorsäule neben dem Kamin. Den ganzen Tag saß er in seinem Lehnstuhl davor und ließ das Juwel nicht aus den Augen. Vierundzwanzig Polizisten hatte er aus Kimberley kommen lassen, die den Stein bewachen sollten und in den Nebengebäuden der Farm untergebracht waren.

Tag für Tag strömten die Neugierigen auf die Farm, und John Watkins sonnte sich in seinem Ruhm; und als Besitzer eines solchen Wertgegenstandes beschloß er, ein großes Fest zu geben, um allen wichtigen Persönlichkeiten des Lagers vor Augen zu führen, wie weit er es gebracht habe. Achtzig Gäste fanden sich ein und wurden um eine lange Tafel gruppiert, die in einem großen Zelt aufgebaut worden war. Ein gewaltiger Braten beherrschte den Tisch, umgeben von ganzen Lämmern und allen Arten Wild. Berge von Gemüse und Früchten, zahlreiche Bier- und Weinfässer vervollständigten das Festmahl.

Der »Südstern«, als Ehrengast, stand direkt hinter dem Platz des Hausherrn auf seiner Säule, umgeben von brennenden Kerzen. Zwanzig Kaffern warteten auf, angeleitet von Matakit, der sich dazu erboten hatte.

Wer im Lager etwas galt, war gekommen. Neben den Polizeioffizieren sah man James Hilton, Annibale Pantalacci, Thomas Steel, den Händler Nathan, den Deutschen Friedel und viele andere. Selbst die Tiere der Farm kamen zu ihrem Recht, und auch die Strauße Alices erbettelten sich ihr Teil an der Tafel. Nur Cyprien Méré und Jacobus Vandergaart waren zum Kummer der Tochter des Farmers der Einladung nicht gefolgt: Cyprien, weil er diese gemischte Gesellschaft nicht besonders leiden konnte und auch wußte, daß sie ihm als dem Hersteller eines künstlichen Diamanten recht drohend gegenüber standen, und Jacobus Vandergaart, weil er das ihm durch John Watkins angetane Unrecht nicht vergessen konnte. Das Bankett lief aber dessen ungeachtet in guter Ordnung ab, und als John Watkins sich zu einer Rede erhob, wurde es still.

Lang und breit ließ sich der Farmer über seine harte Jugend aus, über seinen Fleiß, seine Energie, seinen Erfolg, der nun durch den »Südstern« gekrönt worden war. Und dann, nachdem er auf das Gedeihen der Diamantengräberei im allgemeinen und auf den Erfolg aller Anwesenden im Besonderen getrunken hatte, erhob er das Glas noch einmal, um einen gefühlvollen Toast auf den »Südstern« auszubringen.

Achtzig Gläser erhoben sich, achtzig Paar Augen richteten sich auf den schwarzen Diamanten, um dem unvergleichlichen Stein ihre Huldigung darzubringen.

Der ›Südstern‹ war verschwunden. Das Erstaunen der achtzig Gesichter war so auffallend, daß John Watkins sich nach seinem Liebling umwandte. Kaum hatte er den Grund des Erstaunens erkannt, als er wie vom Blitz getroffen in seinen Sessel zurückfiel. Man drängte sich um ihn, öffnete ihm das Hemd, bespritzte ihn mit kaltem Wasser – endlich erwachte er aus seiner Betäubung und schrie mit entsetzlicher Stimme:

»Der Diamant! Der Diamant! Wer hat den Diamanten genommen?« »Niemand verläßt den Raum!« befahl der höchste Polizeioffizier sogleich und ließ den Ausgang von seinen Männern besetzen.

Die Festgäste saßen wie erstarrt. Keiner hatte gemerkt, wie der Stein verschwunden war, keiner konnte sich das Verschwinden erklären.

»Ich verlange, daß alle Anwesenden durchsucht werden«, schlug Thomas Steel vor. Das wurde auch alsbald getan, und obwohl ein jeder der genauesten Durchsuchung unterworfen wurde, führte dies zu keinem Ergebnis. Der ganze Raum wurde durchsucht, die unwahrscheinlichsten Ecken und Winkel wurden durchkämmt, alles durcheinandergeworfen – umsonst, der Stein blieb verschwunden.

»Dann bleiben nur noch die Kaffern übrig, die bei Tisch bedient haben«, sagte schließlich der Polizeioffizier.

»Natürlich . . . die Kaffern sind es gewesen . . . holt die Hunde her . . . das sind doch alles Diebe« tönte es ihm aus dem ganzen Raum entgegen. Sogleich wurden die Kaffern, die es sich im Hof um ein großes Feuer herum gemütlich gemacht hatten, wieder herbei geholt; aber auch bei ihnen blieb die Suche erfolglos.

Schaulustige, Reporter, neidische Schürfer und Fotografen umlagerten den ›Stern des Südens‹. John Watkins schwoll die Brust.

»Wenn sich der Dieb unter den Kaffern befindet – und eine andere Möglichkeit gibt es nicht – dann hat er Zeit genug gehabt, den Stein an einem sicheren Ort zu verstecken«, bemerkte jemand.
»Das ist richtig«, stimmte der Polizeioffizier zu. »Es gibt nur ein Mittel, um die Wahrheit herauszubringen: wir brauchen einen Zauberer aus ihrem eigenen Stamm!«
»Wenn Sie gestatten«, fiel da Matakit ein, »so will ich es versuchen.« Es muß hinzugefügt werden, daß Matakit bei seinen Stammesgenossen in hohem Ansehen stand, seit er bei Cyprien im Dienst so auffällig an Wissen gereift war. Das Angebot wurde sofort angenommen, und Matakit machte sich an die Vorbereitungen. Er holte sich aus einem Gebüsch zwanzig dünne Zweige, die er genau abmaß und ganz gleichmäßig abschnitt. Dann verteilte er sie unter die Kaffern, die sich in einer Reihe aufgestellt hatten.
»Jetzt könnt ihr eine Viertelstunde lang hingehen, wohin ihr wollt«, sagte er feierlich zu ihnen, »und ihr werdet nicht eher wiederkommen, als bis ihr eine Trommel hört. Der Zweig des Schuldigen wird sich dann um drei Finger breit verlängert haben.«
Die Kaffern zerstreuten sich nicht besonders erfreut, denn sie wußten genau, was man in diesem Lande mit einem Übeltäter machte, wenn man ihn erwischte.
»Der Dieb wird sich hüten wiederzukommen.«
»Nun, das würde ihn ja gerade als den Schuldigen entlarven«, meinte ein anderer.
»Nein, nein, er wird wiederkommen; aber um raffiniert zu sein, schneidet er einfach drei Finger breit von seinem Zweig ab...«
»... und fällt dem Zauberer eben dadurch auf!« vervollständigte wieder ein anderer.
Inzwischen waren die fünfzehn Minuten vorbei, und mit einem kräftigen Trommelwirbel wurden die Kaffern wieder herbeigeholt.
Alle erschienen, stellten sich vor Matakit auf und lieferten die Zweige wieder ab. Matakit nahm sie, und als er ihre Länge ver-

glich, stellte sich heraus, daß alle noch gleich lang waren. Zur Sicherheit verglich er sie noch mit seinem eigenen Zweig, und siehe da, alle waren um drei Fingerbreiten zu kurz – ein jeder der Kaffern hatte vorgesorgt. Allgemeines Gelächter begleitete diese Enthüllung, und Matakit schien tief beschämt, daß ein Mittel, das in seinem Kral immer gewirkt hatte, hier im zivilisierten Leben fehlgeschlagen war.

»Wir sind machtlos«, stellte der Polizeioffizier fest. »Vielleicht haben wir mehr Glück, wenn wir morgen eine Belohnung aussetzen ...«

»Moment mal«, unterbrach ihn da Annibale Pantalacci, »warum sollte nicht derjenige der Dieb sein, der eben noch seine Stammesgenossen urteilte, nämlich dieser Nigger Matakit?« Wer in diesem Moment auf Matakit geachtet hätte, hätte sehen können, wie sein Gesicht sich seltsam verzog und wie er sofort den Saal verließ.

»Matakit ist ehrlich, dafür bürge ich«, rief Alice Watkins.

»Wie kannst du das wissen?« fragte ihr Vater, und die allgemeine Stimmung war so plötzlich umgeschlagen, daß sich die gesamte Versammlung wie auf Kommando der Hütte des Kaffern zuwandte und sie aufbrach. Aber Matakit war nicht zu finden, und vergeblich wurde die ganze Nacht nach ihm gesucht. Er mußte das Lager verlassen haben.

11

Als Cyprien Méré am nächsten Morgen erfuhr, was seinem Diener Matakit vorgeworfen wurde, konnte er es nicht glauben. Eher hätte er Annibale Pantalacci verdächtigt, aber dessen Unschuld war durch die Durchsuchung erwiesen, und dann machte ihm auch die Erinnerung zu schaffen, daß Matakit ja keinesfalls über Diebstähle – wenn auch harmlose – erhaben gewesen war. Und wie schließlich sollte er erklären, daß Matakit aus dem Lager geflohen war? Vergeblich wartete Cyprien während des Morgens

auf seinen Diener, und als sich dann auch noch zeigte, daß Matakit seine Ersparnisse, und einen Beutel mit Werkzeug und Gerät mitgenommen hatte, mußte Cyprien sich eingestehen, daß alles für Matakits Schuld sprach. Gegen Mittag begab er sich zu John Watkins, wo er diesen sowie James Hilton, Annibale Pantalacci und Friedel bei der Beratung fand.
»Wir müssen ihn verfolgen, den Schuft!« rief John Watkins gerade, als Cyprien eintrat. »Wir müssen ihn fangen, und wenn wir ihn haben, wird er uns schon die Wahrheit sagen, und wenn wir ihm den Bauch aufschlitzen müssen, falls er ihn dort versteckt hat!«
»Aber ich bitte Sie!« meinte Cyprien, »dazu brauchte es wohl einen Straußenmagen, um einen derartigen Riesenstein zu verschlucken. Und wenn ich das Verschwinden des Diamanten bedaure, dann nur deshalb, weil ich ihn Fräulein Alice geschenkt hatte ...«
»Und dafür bin ich Ihnen genauso dankbar, als wenn ich den Stein jetzt noch besäße«, bemerkte Alice.
»Weiber, Weiber! Da sieht man, wie Weiber denken«, jammerte der Farmer. »Genauso dankbar, als wenn sie ihn noch besäße!«
»Das ist es auch«, meinte Cyprien. »Denn schließlich kann ich einen solchen Stein jederzeit wieder herstellen.«
»Mein Lieber«, sagte da Annibale Pantalacci drohend, »das sollten Sie sich gut überlegen – auch in Ihrem Interesse!«
»Ich glaube kaum, daß ich Sie erst um Erlaubnis zu fragen habe«, antwortete Cyprien.
»Als ob das die rechte Zeit wäre, um darüber zu streiten«, schrie der Farmer erbost. »Herr Méré, Sie wissen doch gar nicht, ob Ihnen ein zweiter Versuch gelingt, und das ist doch jetzt auch ganz gleichgültig. Wichtig ist jetzt nur, den Dieb zu erwischen. Wenn ich nur nicht die Gicht hätte ... Nun, wer tut es? Wer will den Kaffern verfolgen? Die Belohnung soll der Mühe wert sein, das schwöre ich!«
John Watkins sah sich im Kreise um. Niemand sagte ein Wort.
»Meine Herren, ist keiner von Ihnen bereit? Sie alle bewerben sich um die Hand meiner Tochter. Nun gut, schaffen Sie mir den

Diamanten wieder herbei, und bei meiner Ehre, ich gebe dem meine Tochter zur Frau, der meinen Diamanten bringt!«

»Angenommen!« rief James Hilton.

»Ich bin dabei!« schloß sich Friedel an.

»Dumm müßte man sein, auf einen solchen Preis zu verzichten«, war Annibale Pantalaccis Meinung.

Alice war tief errötet. Sie versuchte vergeblich, ihre Scham darüber zu verbergen, daß ihr Vater sie so offen als Preis ausgesetzt hatte, als sei sie ein Pokal oder dergleichen.

»Fräulein Watkins«, sagte Cyprien halblaut, »auch ich möchte an der Verfolgung teilnehmen – erlauben Sie es mir?«

»Meine Erlaubnis gebe ich gerne und meine besten Wünsche noch dazu!« sagte sie lebhaft.

»Dann gehe ich bis ans Ende der Welt!« und Cyprien wendete sich John Watkins wieder zu.

»Wir wollen die Rechnung nicht ohne den Wirt machen«, bemerkte der Neapolitaner. »Ich glaube, Matakit wird uns einige Mühe machen. Bevor wir nur das Lager verlassen, kann er schon im Gebirge sein.«

»Und wir müssen erst unsere Ausrüstung beschaffen«, fügte Friedel hinzu. »Ein guter Wagen mit einem Dutzend Zugochsen und zwei Reitpferde sind das mindeste, was man für eine solche Expedition braucht.« Der sparsame James Hilton schaltete sich ein.

»Weshalb sollten wir vier diese Expedition nicht gemeinsam antreten? Die Gewinnchance bliebe für jeden dieselbe, und die Unkosten würden sich auf uns vier verteilen.« Die anderen drei waren sofort einverstanden, und nachdem man sich darüber geeinigt hatte, daß jeder das Recht haben sollte, den gemeinsamen Zug zu verlassen und auf eigene Faust weiter zu ziehen, trennte man sich, um die Abfahrt vorzubereiten. Schon am nächsten Morgen in aller Frühe sollte es losgehen.

Als Cyprien in seine Hütte zurückkam, traf er dort den Chinesen Li und Bardik. Als Cyprien ihnen erklärte, er wolle sich auf die Verfolgung Matakits begeben, um den Diamanten wiederzugewinnen, wechselten die beiden nur einen einzigen Blick; dann baten sie ihn inständig, sie mitzunehmen, und Cyprien konnte nicht widerstehen. Als Cyprien sich am folgenden Morgen in Begleitung seiner beiden treuen Diener auf den Weg zum Sammelplatz machte, sah er noch einmal zur Farm des alten Watkins hinüber, und es schien ihm, als ob sich hinter einem der Fenster eine Gestalt bewegt hätte, die ihm ein letztes Lebewohl zuwinkte.

12

In Potchefstroem, dem ersten Ziel ihrer Reise, hörten die vier, am Vortage sei ein junger Kaffer durch die Stadt gekommen. Die Beschreibung paßte auf Matakit; aber gleichzeitig vernahmen sie, daß der Flüchtling sich einen leichten zweirädrigen Wagen zugelegt hatte, der mit einem Strauß bespannt und deshalb sicherlich nicht leicht einzuholen war, schon gar nicht mit einem Ochsengespann.

Andererseits hat aber auch die Geschwindigkeit und die Ausdauer eines Straußes ihre Grenzen, und so hofften die vier Reisenden, ihn zu irgendeinem Zeitpunkt zu erreichen, und wenn es noch so lange dauern sollte.

Cyprien hatte bald allen Grund, sich zu der Mitnahme von Li und Bardik zu beglückwünschen. Er verstand zwar eine Menge von Chemie und Mathematik, aber das Leben im Veld war ihm ein Buch mit sieben Siegeln. Was den Kauf eines Wagens und der Gespanne und der notwendigen Ausrüstung anlangte, konnte man sich zwar völlig auf James Hilton verlassen, aber der Einkauf der Pferde zum Beispiel blieb doch jedem einzelnen überlassen. Cyprien hatte sich für ein hübsches dreijähriges Tier entschieden, das noch dazu sehr billig sein sollte. Bei einem kurzen Proberitt erwies es sich als gut erzogen, und schon wollte Cyprien die geforderte Summe auf den Tisch legen, als Bardik ihn zur Seite nahm und fragte:

»Wie Väterchen, dieses Pferd willst du kaufen?«

»Gewiß, Bardik! Es ist das schönste, das ich je so billig gesehen habe.«

»Aber das darfst du noch nicht einmal geschenkt nehmen. Eine Reise durch das Veld würde es keine acht Tage lang aushalten!«

»Wieso?« fragte Cyprien verblüfft.

»Es ist nicht gesalzen, das heißt, es hat die Krankheit des Veld noch nicht durchgemacht. Man darf für eine Reise durch das Veld nur solche Pferde nehmen, die diese Krankheit schon hinter sich hatten.«

Auf Anfrage fand Cyprien dies von jedermann bestätigt; es war so allgemein bekannt, daß es niemand mehr erwähnte. So kaufte Cyprien unter Beratung durch Bardik ein schon älteres graues Pferd, das nicht sehr ansehnlich aussah, dafür aber nicht nur »gesalzen« war, sondern auch mehr hielt, als es zunächst versprach. Bardik und Li sollten den Ochsenwagen kutschieren, so daß Cyprien für diese beiden keine Pferde zu kaufen brauchte, was ihm angesichts der hohen Kosten für die übrige Ausrüstung auch schwergefallen wäre. Nachdem er sich zwei gute Gewehre, zwei Revolver und ausreichend Munition besorgt hatte und schließlich auf Empfehlung Lis auch noch ein vorzügliches Jagdmesser angeschafft hatte, waren die Einkäufe für seinen Teil erledigt.

James Hilton hatte inzwischen die übrige Ausrüstung beschafft, Nahrung in Konserven, Decken, Bekleidung, Ersatzmaterial – alles war mit großem Verständnis ausgewählt, und James Hilton, der auf seine Erfahrungen sehr stolz war, wollte seine Gefährten auch über die Sitten und Gebräuche im Veld aufklären, als Annibale Pantalacci ihn unterbrach und auf die Seite zog.

»Warum wollen Sie Ihre Kenntnisse auch dem Franzosen nutzbar machen?« fragte er leise. »An Ihrer Stelle würde ich für mich behalten, was ihm helfen könnte, den Preis zu erringen!«

James Hilton sah den Neapolitaner verwundert an.

»Das ist wirklich wahr, was Sie mir da sagen . . . sehr wahr! Darauf wäre ich nicht gekommen.«

Cyprien dagegen hatte Friedel über seine Erfahrungen beim Pferdekauf unterrichtet; der aber konzentrierte sich mehr darauf, Angelgerät einzukaufen; er meinte, vom Wildgeschmack werde man bald genug haben.

So konnte man aufbrechen. Der von zwölf Ochsen gezogene Wagen voran, die vier Reiter dicht dahinter, so zog die Karawane nun für eine lange Reihe von Tagen über Land, auf dem nächsten Weg zur Quelle des Limpopo. Alles wies darauf hin, daß auch Matakit dieser Richtung folgte, da er sicherlich daran interessiert sein mußte, die britischen Besitzungen so schnell wie möglich hinter sich zu bringen.
Transvaal, das von Süden nach Norden durchzogen werden sollte, bildet ein ausgedehntes Gebiet von etwa 30 Millionen Hektar zwischen dem Vaal und dem Limpopo und westlich von der englischen Kolonie Natal. Es läßt sich in drei Hauptregionen aufteilen: das Hochland, das Hügelland und das Buschland oder Busch-Veld. Das Hochland bildet den südlichsten Teil. Es besteht aus Gebirgsketten und ist der eigentliche Minendistrikt; hier herrscht ein kaltes trockenes Klima. Das Hügelland ist besonders der Landwirtschaft vorbehalten. Nördlich des Hochlandes gelegen, ist es am dichtesten besiedelt. Das Buschland erstreckt sich dann in weiten Ebenen bis zu den Ufern des Limpopo im Norden und grenzt im Westen an das Land der Betschuana-Kaffern; es ist ein reiches Jagdgebiet.
Von Potchefstroem, das im Hügelland liegt, mußten die Reisenden zunächst den größten Teil dieser Region durchqueren, bevor sie das Buschland erreichten. Hier war die Reise noch recht leicht; man befand sich noch in einem halbwegs zivilisierten Gebiet, und die Schwierigkeiten beschränkten sich auf die morastige Straße. Wilde Enten, Rebhühner und anderes Wild war in Menge vorhanden, so daß für Nahrung ausreichend gesorgt war, und die Nacht verbrachte man gewöhnlich auf einer Farm, deren Bewohner – den größten Teil des Jahres von der Außenwelt abgeschnitten – den überraschenden Besuch freudig begrüßten. Fast auf jeder Farm hörten sie Neuigkeiten über Matakit; überall war er, von seinem Strauß schnell gezogen, vorbeigekommen. Dabei zeigte sich, daß sich sein Vorsprung ständig vergrößerte, aber die vier Reisenden ließen sich davon nicht irre machen. Irgendwann würde der Neger halt machen, und irgendwann mußten sie ihn erreichen. Etappe nach Etappe gelangte man so in das Buschland.

12 kolossale Büffel wuchteten den Wagen der Expedition durch die südafrikanische Wildnis.

Die Farmen wurden seltener und schließlich hatte man die äußerste Grenze der Zivilisation erreicht. Von hier an mußte man nun jeden Abend ein Lager aufschlagen und ein großes Feuer entfachen, und auch ein regelmäßiger Wachdienst mußte eingerichtet werden. Die Landschaft war inzwischen immer wilder geworden. Ebenen mit gelblichem Sand, Dornengestrüpp, dann und wann ein Bach mit sumpfigen Ufern ersetzten jetzt die grünen Täler des Hügellandes. Manchmal mußte man große Umwege machen, um ausgedehnte Dornendickichte zu umgehen. Diese Gegend des Buschlandes, die gewöhnlich Löwen-Veld genannt wird, schien ihrem Namen kaum Ehre zu machen, denn auch nach drei oder vier Tagen hatte man noch keinen Löwen zu Gesicht bekommen.

»Der Name beruht wohl nur auf der Überlieferung«, sagte Cyprien eines Tages zu James Hilton. »Die Löwen werden inzwischen weiter in die Wüste zurückgewichen sein.« Der andere lachte nur.

»Sie meinen, hier gäbe es keine Löwen?« fragte er. »Das kommt nur daher, daß Sie die Löwen nicht erkennen können!«

»Ha ha«, machte Cyprien in einem Ton, den er für ironisch hielt, »in einer so nackten Ebene einen Löwen nicht erkennen.« »Na schön«, meinte James Hilton, »ich wette um zehn Pfund, daß ich Ihnen innerhalb einer Stunde einen Löwen zeige, den Sie vorher nicht gesehen haben.«

»Ich wette zwar aus Prinzip nie«, entgegnete Cyprien als guter Jünger der Wissenschaft, »aber wenn Sie meine Erfahrungen erweitern, soll es mir recht sein.«

25 oder 30 Minuten war man so weitergezogen, ohne daß jemand noch an die Löwen gedacht hätte, als James Hilton plötzlich rief: »Meine Herren, betrachten Sie den Ameisenbau, den Sie da unten rechts sehen!«

»Das ist schon etwas«, meinte Friedel verächtlich. »Seit zwei oder drei Tagen sehen wir ja nichts anderes als die Dinger.«

James Hilton lachte nur.

»Herr Méré«, meinte er dann, »wenn Sie Ihren Gaul ein wenig zu den Ameisenhügeln da drüben kitzeln würden, dann verspreche ich Ihnen, daß Sie das sehen, was Sie sehen wollen. Gehen Sie aber nicht zu nahe heran, sonst sehen Sie zuviel.« Cyprien gab seinem Pferd die Sporen und ritt schnell auf die bezeichnete Stelle zu.

»Die Ameisenhügel sind eine Löwenfamilie«, grinste Hilton, als Cyprien sich entfernt hatte.

»Und da warnen Sie ihn, zu nahe heranzureiten?« verwunderte sich der Neapolitaner. Als er aber merkte, daß Li und Bardik zuhörten, beeilte er sich, seinen Worten einen anderen Sinn zu geben. »Der Franzose wird einen schönen Schrecken kriegen und uns was zum Lachen geben.«

Annibale Pantalacci sollte sich täuschen. Schon zweihundert Schritt vor dem angeblichen Ameisenhügel erkannte er, daß dort eine ganze Löwenfamilie lagerte. Auf zwanzig Schritt ritt Cyprien an die Löwen heran; aber der männliche Löwe, ein riesiges Tier, gähnte nur gelangweilt und zeigte seinen ungeheuren Rachen. Cyprien wartete zwei bis drei Minuten mit der Hand am Karabiner; aber der Löwe hatte offensichtlich keine Lust, seinen Mittagsschlaf zu unterbrechen, und so warf Cyprien sein Pferd herum und galoppierte zu den anderen zurück. Angesichts seiner Kaltblütigkeit empfingen ihn die anderen wohl oder übel mit Beifall.

Noch am selben Abend kam man an die Ufer des Limpopo, und Friedel bestand darauf, ein paar Fische für das Abendessen zu angeln.

»Das ist höchst ungesund«, warnte ihn James Hilton. »Vergessen Sie nie, daß es im Buschland sehr gefährlich ist, sich am Ufer der Flüsse aufzuhalten . . .«

»Ach was«, unterbrach ihn der Deutsche, »was soll am Angeln gefährlich sein!«

Und Pantalacci bestärkte ihn noch in seinem Entschluß. »Was ist denn schon Schlimmes daran, ein oder zwei Stunden am Wasser zu sitzen? Auf der Entenjagd habe ich schon halbe Tage bis zu den Achseln im Wasser gestanden!«

»Das ist nicht dasselbe«, erwiderte Hilton.

Aber Friedel ließ sich nicht davon abhalten und angelte bis in die

Nacht hinein. Dann kehrte er mit reichem Fang ins Lager zurück, ließ sich die gefangenen Fische wie die anderen mit bestem Appetit schmecken, aber als er sich neben den anderen im Wagen zum Schlafen niederlegte, klagte er bereits über heftigen Schüttelfrost.
Am nächsten Morgen fieberte er stark und konnte unmöglich sein Pferd besteigen. Er mußte auf der Weiterfahrt im Wagen bleiben, aber schon gegen Mittag lag er im Delirium und um drei Uhr starb er. Er war einem heftigen Sumpffieber zum Opfer gefallen.
»Sie sehen, wie recht ich hatte, daß man am Abend sich nicht an einem Flußufer aufhalten soll«, meinte James Hilton mit philosophischer Gelassenheit, als man den Deutschen begrub. Aber Cyprien wurde den Gedanken nicht los, daß Annibale Pantalacci mit seinen schlechten Ratschlägen zu dem unglücklichen Tode des Deutschen nicht wenig beigetragen hatte.

13

Drei Tage vergingen, bis man endlich mit Hilfe einiger Makalakka-Kaffern eine Furt durch den Limpopo entdeckt hatte. Diese Makalakkas sind arme Teufel, fast Sklaven der herrschenden Betschuanas, die ihnen jedes Eigentum verbieten und ihnen alle Jagdbeute abnehmen. Sie besitzen nicht einmal eine Hütte, sondern gehen fast nackt und tragen als Gürtel nur einige Büffeldärme, in denen sie ihren Wasservorrat mit sich tragen.
Bardik konnte bei dieser Gelegenheit seine kaufmännischen Fähigkeiten unter Beweis stellen. Sehr bald hatte er aus ihnen herausgebracht, daß sie einige Straußenfedern besaßen, die sie in einem nahegelegenen Dickicht sorgsam versteckt hatten. Er schlug ihnen einen Handel vor, und noch am selben Abend wollten sich die Partner treffen.
»Du hast also Geld, um sie zu bezahlen?« fragte Cyprien erstaunt.

Bardik lachte laut auf und zeigte ihm eine Handvoll kupferner Knöpfe, die er gesammelt hatte und in einem Beutel mit sich trug.
»Das ist aber keine gültige Münze«, erklärte Cyprien pikiert, »und ich kann nicht dulden, daß du die armen Kerle mit kupfernen Knöpfen bezahlst!«
Er konnte jedoch Bardik damit nicht überzeugen.
»Das Gesetz von Angebot und Nachfrage«, dozierte der Neger, »richtet sich überall so auch hier nach den Wertvorstellungen des schwächeren Handelspartners, genauer gesagt, des wirtschaftlich Schwächeren. Wenn die Makalakkas der Meinung sind, sie machten bei diesem Handel ein gutes Geschäft, so ist das ihre Sache. Ich werde sie jedenfalls nicht aufklären und befinde mich damit in schönster Übereinstimmung mit den Traditionen des ehrsamen Kaufmannsberufs. Man muß neue Bedürfnisse wekken, wenn man den Absatz für unverkäufliche oder nutzlose Dinge steigern will; die herrschende Lehre wird Ihnen das jederzeit bestätigen.« Cyprien erkannte, daß das europäische Gedankengut hier auf fruchtbaren Boden gefallen war und beugte sich resigniert dem so herrlich sichtbar gewordenen Wirken des Weltgeistes. Am Abend wurde der Handel im Schein des Feuers abgeschlossen. Aber mitten während der stürmischen Verhandlung kam es zu einer unerwarteten Unterbrechung.
Ein hochgewachsener Neger in einem roten Mantel, um die Stirn einen eigentümlichen Reif aus Schafdärmen, wie ihn die Kaffernkrieger gewöhnlich tragen, sprang plötzlich aus dem Dickicht und fiel mit Stockschlägen über die Makalakkas her.
»Lopepe! Lopepe!« schrien die Schwarzhändler entsetzt und flohen nach allen Seiten auseinander; aber umsonst, denn ein Kreis von Kriegern, die plötzlich aus dem Gestrüpp auftauchten, versperrte ihnen den Weg. Lopepe ließ sich sofort die Knöpfe aushändigen, betrachtete sie aufmerksam und steckte sie befriedigt in seine Ledertasche. Dann ging er auf Bardik zu, nahm ihm in aller Ruhe die Straußenfedern weg und ließ sie ebenfalls in seiner Tasche verschwinden.
Die Weißen waren bisher passiv gewesen und wußten auch nicht,

ob sie sich einmischen sollten, als Lopepe ihnen diese Entscheidung abnahm. Er trag auf sie zu und hielt eine lange Ansprache an sie, die nur James Hilton einigermaßen verstand.
Sie lief darauf hinaus, daß der Häuptling sich bitter darüber beklagte, daß die Expedition die Makalakkas zum Handel verführt habe, der ihnen verboten sei, und daß er deshalb sowohl die Knöpfe als auch die Straußenfedern habe beschlagnahmen müssen.
Die Weißen waren geteilter Meinung. Pantalacci meinte, man solle nachgeben, um den Häuptling nicht zu sehr zu reizen, aber Cyprien und James Hilton fürchteten eher, zu große Nachgiebigkeit könne Lopepe dazu verführen, noch unverschämter zu werden und weitere Forderungen zu stellen. Nach kurzer Beratung beschlossen sie daher zu fordern, der Häuptling solle die Federn herausgeben; die Knöpfe dürfe er jedoch behalten.
Lopepe schien nicht ganz sicher, ob er darauf eingehen solle, aber die im Halbdunkel schimmernden Gewehre der Weißen ließen ihn schließlich auf die Bedingungen eingehen. Er lieferte die Federn aus und erwies sich von nun an weit zugänglicher. Er setzte sich ans Feuer, verschmähte auch nicht den Gin, den Pantalacci ihm anbot, und nach anderthalb Stunden kaum unterbrochenen Schweigens erhob er sich und lud die Expedition für den folgenden Tag zu einem Besuch in seinem Kral ein. Dies wurde ihm zugesagt, und nach einem Händedruck zog Lopepe sich majestätisch zurück.
Die anderen legten sich bald darauf zur Ruhe, und nur Cyprien blieb wach und betrachtete träumerisch die Sterne in der mondlosen Nacht. Das Feuer erlosch allmählich, ohne daß der junge Ingenieur darauf achtete. Er dachte an die Heimat, an Alice, an angenehmere Tage und Nächte, als er plötzlich durch eine Unruhe unter den Zugtieren aufgeschreckt wurde. Zwischen den Ochsen glaubte er eine niedrige, gedrungene Gestalt zu erkennen, und ohne lang zu überlegen, ergriff er seine Peitsche und ging unerschrocken auf das Tier los. Noch halb im Tran und ohne groß nachzudenken, schlug er dem Tier mit der Peitsche übers Maul und wurde dafür mit einem schrecklichen Brüllen

belohnt. Es war ein Löwe, den der junge Ingenieur wie ein Kaninchen behandelt hatte!
Kaum hatte Cyprien die Hand am Revolver, als das Tier schon auf ihn zusprang und ihn über den Haufen warf. Schon fühlte er die Krallen im Fleisch, als er endlich seinen Revolver herausbrachte, ihn an das Ohr des Löwen hielt und abdrückte. Die Kugel zerschmetterte dem riesigen Tier den Kopf, und nach wenigen Zuckungen lag die Bestie regungslos auf dem Ingenieur.
Aufgeschreckt versammelte sich das Lager; man zerrte den Löwen von Cyprien herunter und untersuchte seine Wunden, die sich zum Glück als harmlos erwiesen. Li verband ihn mit Leinwand, die er in Schnaps getaucht hatte, er erhielt den besten Platz im Wagen, und bald darauf lag das Lager, von Bardik bewacht, wieder in tiefem Schlaf. Kaum graute der Tag, als die Stimme James Hiltons ein neues Unheil verkündete. Ohne sich zu bewegen, stieß er in höchstem Entsetzen hervor:
»Um mein Knie hat sich eine Schlange gewickelt, unter der Hose. Reizt sie nicht, um Gottes Willen!«
Offensichtlich war die Lage ernst. Bei der geringsten Bewegung konnte die Schlange zubeißen; aber Bardik zeigte sich der Sache gewachsen. Das Jagdmesser seines Herrn in der Hand, näherte er sich James Hilton mit unmerklichen Bewegungen, betrachtete sorgsam die Verdickung unter der Hose, um herauszufinden, wo der Kopf der Schlange lag; dann schlug er plötzlich kräftig zu und sagte lächelnd: »Sie können die Schlange abschütteln. Sie ist tot!«
James Hilton gehorchte automatisch und schüttelte das Bein; geköpft fiel das Reptil aus seiner Hose.
Es war eine schwarze Viper, deren Gift sofort tödlich gewirkt hätte. Bardik hatte ihr mit größter Geschicklichkeit den Kopf abgeschlagen; in der Hose war ein Schnitt von kaum sechs Zentimeter Länge, und James Hiltons Bein war noch nicht einmal geritzt.
Aber James Hilton hielt es nicht einmal für nötig, sich bei Bardik zu bedanken. Er sagte nur zu Cyprien »Ihr Jagdmesser hat eine gute Schneide«, und damit hatte sich's.

Das Frühstück hatte die bösen Eindrücke dieser Nacht bald verwischt. Es bestand zwar nur aus einem einzigen, in Butter gebratenen Straußenei, aber das reichte bequem aus, um den Hunger der fünf zu stillen. Dann überließ man das Lager Bardik und Li, die sich alsbald daran machten, dem Löwen das Fell über die Ohren zu ziehen, und ritt zum Kral Lopepes.

Der Betschuana erwartete sie, von Kriegern umgeben, am Eingang. Dahinter hatten sich die Frauen versammelt, um neugierig die Fremden zu betrachten. Die Hütten des Krals waren recht gut gebaut, und in die größte in der Mitte des Lagers führte der Häuptling seine Gäste, bot ihnen Kaffernbier an und nahm aus jeder Tasse den ersten Schluck, um zu zeigen, daß alles mit rechten Dingen zuging.

Dann kamen die Geschäfte an die Reihe. Lopepe hätte gern ein Gewehr eingehandelt; er bot dafür ein ziemlich gutes Pferd und hundertfünfzig Pfund Elfenbein. Aber dieser Wunsch konnte ihm nicht erfüllt werden; in diesem Punkt sind die Kolonialgesetze besonders streng. Um den Häuptling für diese Enttäuschung zu entschädigen, schenkten ihm die drei Europäer ein Flanellhemd, eine Stahlkette und eine Flasche Rum, und Lopepe zeigte sich darüber sehr zufrieden.

Er war nun auch ohne Zögern bereit, die Informationen weiterzugeben, die die drei Reisenden hören wollten, und so erfuhren sie, daß Matakit erst vor fünf Tagen hier vorübergekommen sei; offensichtlich hatte er einige Tage damit verloren, eine Furt durch den Limpopo zu finden, und nun war er auf dem Weg in die Berge des Nordens. Sieben bis acht Tage mußten sicherlich vergehen, bis er sein Ziel erreichte. Bei dieser Gelegenheit erfuhren die Verfolger auch, daß Tanaia, der Beherrscher jener Gebiete im Norden, Lopepe mit seiner Freundschaft beehrte – eine Freundschaft, auf die Lopepe sehr angewiesen war. So konnten Cyprien und seine Gefährten einigermaßen sicher sein, daß Tanaia ihnen ebenso freundlich gegenübertreten würde wie Lopepe, denn die Eigenschaften selbstladender Gewehre waren im Norden ebenso gut bekannt wie hier. Sehr zufrieden über diese Informationen kehrten die drei Weißen zum Lager zurück und

fanden dort Li und Bardik in heller Aufregung. Ein Trupp bewaffneter Kaffern aus dem Norden hatte das Lager umzingelt und die beiden ausgefragt, was sie und ihre Herren hier zu suchen hätten; der große König Tanaia habe zwar keine Rechte in dieser Gegend, aber er sei doch sehr daran interessiert, wer mit welchen Absichten in seine Jagdgründe einbräche.
Da die Krieger außer einigen Warnungen jedoch nichts gegen die Insassen des Lagers unternommen und noch nicht einmal den Versuch gemacht hatten, etwas mitgehen zu lassen, erregte diese Mitteilung die drei Weißen nicht sonderlich. Sie beschlossen einstimmig, sofort zur weiteren Verfolgung aufzubrechen; die Hoffnung, Matakit und den verschwundenen Diamanten bald in ihren Händen zu wissen, ließ sie vorläufig jede Vorsicht vergessen.

14

Nach etwa einer Woche kam die Expedition in eine Gegend, die völlig anders aussah als alles, was sie bisher auf ihrer Reise gesehen hatten. Man näherte sich der Bergkette, auf die auch Matakit zustrebte, und die von den Bergen herabkommenden Flüsse sorgten für eine völlig andere Pflanzen- und Tierwelt. Herden von Antilopen, Zebras und Buffeln weideten auf grünen, von kristallklaren Wasserläufen durchzogenen Wiesenflächen; die Berghänge waren von lichtem Wald bedeckt, den Tausende von Affen durchtobten.
Endlich sahen sich Cyprien und seine Gefährten in jenen jungfräulichen Gebieten, in denen die wilden Tiere noch immer die Herren des Landes sind und den Menschen so wenig kennen, daß sie keine Furcht vor ihm empfinden. Entzückt betrachtete Cyprien das Schauspiel.
»Eigentlich fehlen nur noch Elefanten, um das Gemälde komplett zu machen!« rief er aus.
Aber schon streckte Li den Arm aus und zeigte auf felsenähnliche

graue Massen, die sie von ihrem Standort aus auf einer entfernten Waldlichtung erkennen konnten. »Du verstehst dich auf Elefanten?« fragte Cyprien den Chinesen verwundert.
»Ich habe zwei Jahre lang auf der Insel Ceylon Elefanten gejagt«, sagte der wie selbstverständlich.
»Wenn wir einen oder zwei von ihnen schießen könnten ...«, rief James Hilton begeistert.
»... so könnten wir bequem die Kosten für unsere Reise wieder hereinholen«, ergänzte Annibale Pantalacci fröhlich. »Schon zwei Stoßzähne bringen ein hübsches Geld, und auf unserem Wagen können wir bequem ein Dutzend unterbringen.«
Man beschloß also, den folgenden Morgen der Jagd zu widmen, und nachdem man alle Einzelheiten besprochen hatte, zog man sich in das Lager zurück. Nur James Hilton hielt Wache.
Zwei Stunden saß er schon am Feuer und begann müde zu werden, als Annibale Pantalacci sich leise neben ihn setzte und auf ihn einzureden begann.
»Haben Sie schon einmal Elefanten gejagt?« fragte er. »Ja«, antwortete James Hilton, »zweimal.«
»Na gut, dann wissen Sie auch, daß das nicht ungefährlich ist. Unfälle sind gar nicht so selten. Stellen Sie sich einmal vor, der Franzose hätte morgen Pech. Das wäre doch wirklich ein Verlust für die Wissenschaft!« »Ein wirkliches Unglück«, bestätigte James Hilton und lachte boshaft.
»Für die Wissenschaft schon«, meinte Pantalacci, durch das Lachen des anderen ermutigt. »Für uns weniger ... Zwei einigen sich leichter als drei ...«
»Da ist was Wahres dran ...«, meinte Hilton tiefsinnig. Beide schauten, in Gedanken versunken, in das knisternde Feuer. Plötzlich packte Pantalacci den anderen am Arm. »Hat sich da nicht etwas gerührt?« fragte er besorgt. Hilton sah angestrengt in die angegebene Richtung, aber als er dort nichts Verdächtiges erkennen konnte, beruhigte er seinen Gefährten wieder, und die beiden nahmen das Gespräch wieder auf.
»Ich könnte die Büchse des Franzosen entladen, ohne daß er etwas davon merkt«, meinte der Neapolitaner versonnen. »Und

wenn wir an die Elefanten herangekommen sind, schleiche ich mich hinter ihn und gebe einen Schuß ab – und bumms! sind sie hinter ihm her.«

»Das ist aber doch eine kitzlige Sache«, meinte James Hilton mit schwachem Widerspruch in der Stimme.

»Lassen Sie mich nur machen«, grinste der andere. »Sie können sich auf mich verlassen.«

Als Pantalacci sich eine Stunde später wieder auf seinen Lagerplatz begab, hatte er alle Vorbereitungen getroffen; er hatte sich auch überzeugt, daß alle anderen friedlich schliefen und niemand ihn beobachtet hatte.

Bei Tagesanbruch waren alle auf den Beinen. Nach dem Frühstück wurden die Pferde bestiegen, und Bardik blieb beim Lager zurück, während Li, nur mit einem Messer bewaffnet, an der Jagd teilnehmen wollte. Nach kaum einer halben Stunde kamen die Jäger an die Stelle, an der sie am vorigen Abend die Elefanten gesehen hatten. Und bald konnten sie eine Herde von etwa zwei- bis dreihundert Elefanten erkennen, die friedlich im Morgenlicht äste.

Unter dem Wind arbeiteten sich die Jäger auf etwa zweihundert Meter an die Herde heran. Noch hatten die Elefanten nichts von der Gefahr gemerkt.

»Jetzt gilt es«, sagte Annibale Pantalacci leise. »Jetzt müssen wir uns verteilen und auf ein Signal hin alle zusammen feuern, denn beim ersten Schuß wird die Herde die Flucht ergreifen.«

Der Vorschlag wurde angenommen; James Hilton wandte sich nach rechts, Pantalacci nach links, und Cyprien blieb allein im Zentrum. Dann schlichen die Jäger näher an die Herde heran.

Plötzlich berührte ihn etwas am Arm, und zu seinem größten Erstaunen bemerkte der Franzose, daß Li ihm gefolgt war. »Sprechen Sie nicht«, flüsterte der Chinese.

Cyprien war nur noch etwa dreißig Meter von der Herde entfernt und wollte eben seine Büchse zum Zielen heben, als Li ihm zuraunte: »Ihr Gewehr ist entladen! Aber machen Sie sich nichts draus, ich sorge für Sie!«

Und im nächsten Augenblick erklang ein schriller Pfiff, der als

Signal hatte dienen sollen, und hinter Cyprien krachte ein einziger Gewehrschuß. Verwirrt blickte der junge Ingenieur sich um; hinter einem Busch sah er den Neapolitaner, der versuchte, sich zu verstecken.
Aber er konnte sich nicht weiter um ihn kümmern, denn im gleichen Augenblick stürzte ein durch den Schuß verwundeter Elefnatenbulle gereizt auf ihn zu. »Jetzt aufgepaßt!« rief Li, der noch immer neben Cyprien stand.
»Sobald der Bulle auf drei Meter heran ist, springen Sie hinter diesen Baum. Verlieren Sie nicht die Nerven!«
Und mit diesen Worten zog der Chinese sein Jagdmesser blank und sprang zur Seite.
Der Boden zitterte, als der Elefantenbulle auf Cyprien zustürmte. Es fiel ihm schwer, sich nicht vorher zur Flucht zu wenden, aber er verließ sich auf Li und starrte wie gebannt dem herandonnernden Koloß entgegen. Im letzten Augenblick sprang er behende zur Seite, ließ den Bullen an sich vorbeischießen und rannte an dem Gebüsch vorbei, in dem Li sich verborgen hielt, auf den angegebenen Baum zu. Der Elefant, von seiner Masse fortgetragen, konnte erst nach einigen Metern wenden und nahm dann Cypriens Verfolgung wieder auf. Doch als er an dem Gebüsch vorbeikam, sprang Li genau in der richtigen Sekunde vor und durchschlug dem Elefanten mit einem einzigen Hieb seines Jagdmessers die Achillessehne; aufbrüllend sank der Elefant zusammen und versuchte vergeblich, wieder auf die Füße zu kommen.
»Bravo!« schrien James Hilton und Annibale Pantalacci, die gleichzeitig heraneilten.
»Wir müssen ihm noch eins durchs Auge geben«, rief James Hilton, legte an und schoß. Er hatte gut gezielt; der Bulle richtete sich noch einmal krampfhaft auf und lag dann unbeweglich da, wie ein grauer Felsblock.
»Wir haben ihn!« schrie James Hilton und rannte auf den gestürzten Riesen zu.
»Abwarten . . . abwarten«, flüsterte Li dem Franzosen zu. Und kaum war James Hilton nahe genug herangekommen, um nach

einem der großen grauen Ohren zu greifen, als das Tier plötzlich noch einmal den Rüssel erhob und den Jäger mit einem einzigen Schlag buchstäblich zu Brei schlug. Noch im Tode hatte der Elefant einen seiner Gegner mitgenommen.
Cyprien starrte wie gebannt auf die unförmige Masse, die noch vor wenigen Minuten als lebender Mensch versucht hatte, ihn dem verwundeten Elefanten auszuliefern und nun das Cyprien zugedachte Schicksal selbst erlitten hatte. Annibale Pantalacci hütete sich derweil, den Gedanken Ausdruck zu geben, die ihn bewegten.
Li hatte inzwischen begonnen, ein Grab für James Hilton auszuheben. Cyprien half ihm dabei, und nachdem sie James Hilton beerdigt hatten, kehrten sie zum Lager zurück.

15

Ihr Erstaunen war groß, als sie dort feststellen mußten, daß Bardik verschwunden war. Sie suchten überall nach ihm, aber ohne Erfolg, und sie fanden auch nicht den geringsten Hinweis, warum der junge Kaffer verschwunden war. Das Lager befand sich in schönster Ordnung, und Cyprien konnte einfach nicht glauben, daß Bardik fortgelaufen sein sollte, ohne ihm etwas davon zu sagen.
Es blieb nur die Möglichkeit, daß Bardik von Jagdlust verführt, das Lager verlassen und sich dann verirrt hatte. Daher beschloß man, noch einen Tag auf seine Rückkehr zu warten. Als er auch dann noch nicht wiedergekommen war, mußten die Reisenden damit rechnen, daß er von einer Schar Krieger des Königs Tanaia verschleppt worden war.
Li hatte Cyprien inzwischen berichtet, wie er in der Nacht das Gespräch zwischen James Hilton und Annibale Pantalacci gelauscht hatte. Der junge Franzose sah sich daher gezwungen, zusammen mit Li den Neapolitaner nun ständig zu überwachen, damit sich derartige Vorfälle nicht wiederholen konnten.

James Hilton stieß einen letzten Schrei aus.
Dann hatte ihn der Rüssel des sterbenden Elefanten zermalmt.

Als sich die Reisenden am nächsten Morgen zur Weiterfahrt bereit machten, erwartete sie eine herbe Enttäuschung. Die Zugochsen waren verschwunden! Während der Reise war es nicht notwendig gewesen, sie während der Nacht anzupflocken, weil sie sich, müde von der Tagesarbeit, niemals vom Lager entfernt hatten. An den beiden Ruhetagen hatten sie sich jedoch auf der Futtersuche immer weiter vom Lager entfernt, ohne daß dies den drei auf Bardik Wartenden aufgefallen wäre, und nun bestand keine Möglichkeit mehr, die Ochsen in der Wildnis zusammenzusuchen. Der Wagen war damit nutzlos geworden, und es blieb ihnen nur eins zu tun übrig. Sie beluden ihre Pferde mit Mundvorrat und Munition, Li erhielt das Pferd James Hiltons, und der Wagen wurde im Busch versteckt. Vielleicht konnte man an einem der nächsten Tage von einem Kaffernhäuptling ein neues Gespann Ochsen einhandeln.
Nachdem sie einen letzten Blick auf das Tal geworfen hatten, das ihnen so verhängnisvoll geworden war, machten sich die drei Reiter aufs neue auf den Weg in die Berge. So ritten sie zwei Tage unter sengender Sonnenglut über unwegsames Land, und schon waren sie am Abend des zweiten Tages über ihren Lagerplatz einig geworden, als Li plötzlich einen Laut des Erstaunens ausstieß. Mit dem Finger zeigte er auf einen kleinen schwarzen Punkt, der sich am Horizont im letzten Schein der Sonne bewegte.
»Ein Reisender!« rief der Neapolitaner.
»Das ist Matakit selbst!« erklärte Cyprien, der schnell sein Fernglas benutzt hatte, um sich Gewißheit zu verschaffen.
»Ganz deutlich erkenne ich den Wagen mit dem vorgespannten Strauß! Es gibt keinen Zweifel, es ist Matakit.«
»Sieben bis acht Meilen wird er vor uns sein«, meinte der Neapolitaner.
»Heute können wir ihn nicht mehr einholen.«
»Aber wenn wir morgen früh aufbrechen«, erwiderte Cyprien, »werden wir ihn mit Sicherheit einholen können.«
»Ganz meiner Meinung«, entgegnete Pantalacci lächelnd, und so kam man überein, das Lager aufzuschlagen und in aller Frühe die

Verfolgung fortzusetzen. Die Pferde wurden abgerieben und gestriegelt und dann angepflockt, und Li hatte inzwischen ein Feuer angezündet, an dem er das Abendessen zubereitete. Kaum war es verzehrt, so streckten sich die drei Reisenden auch schon in ihren Decken zum Schlaf aus, um am nächsten Morgen so frisch wie möglich zu sein. Li und Cyprien waren bald fest eingeschlafen; aber Pantalacci wälzte sich noch unruhig auf seinem Lager. Schließlich erhob er sich vorsichtig, schlich zu den Pferden und sattelte sein eigenes. Dann band er die anderen Pferde los und führte sie fort. In einiger Entfernung band er sie an einen Baum und kehrte dann ins Lager zurück. Nun packte er schweigend und schnell seine Decke und sein übriges Gepäck zusammen, vergaß auch nicht Munition, Wasser und Nahrung, und schließlich führte er leise sein Pferd aus dem Lager heraus. In einiger Entfernung stieg er auf, holte die beiden anderen Pferde aus ihrem Versteck und trabte nun im Mondschein Matakit nach, erfüllt von einem Gefühl des Triumphes. Cyprien und Li hatten nun keine Möglichkeit mehr, Matakit einzuholen; der Sieg war ihm sicher. Dabei scherte es ihn wenig, daß er seine Gefährten zu Fuß in der Wildnis zurückließ.
Cyprien und Li schliefen noch immer. Gegen drei Uhr morgens erwachte der Chinese, erkannte an dem hellen Schein im Osten, daß der Tag nicht mehr fern war, und erhob sich, um Kaffee zu machen. Bald hatte er erkannt, daß Annibale Pantalacci sie im Stich gelassen hatte. Aber Li ließ sich dadurch nicht in seiner Ruhe stören. Es gab keine Möglichkeit, durch überhastetes Handeln den Neapolitaner jetzt noch einzuholen; so begnügte er sich, mit philosophischer Ruhe den Kaffee zuzubereiten. Als er damit fertig war, näherte er sich ruhig dem jungen Franzosen, weckte ihn sanft und sagte gelassen: »Ihr Kaffee ist fertig, mein Herr.«
Cyprien schlug die Augen auf, dehnte und streckte sich, lächelte dem Chinesen zu und trank dankbar den heißen Kaffee. Erst dann bemerkte er die Abwesenheit des Neapolitaners und sah Li fragend an.
»Auf und davon«, meinte Li in gleichgültigem Ton, »und die Pferde hat er auch mitgenommen.«

Cyprien sprang auf die Füße; ein Blick in die Runde belehrte ihn, daß er nicht träumte.
»Nun gut«, sagte er dann ruhig. »Er soll uns trotzdem nicht entkommen.«
Dann überlegte er, was in dieser Lage zu tun sei.
»Wir müssen sofort aufbrechen«, sagte er dann. »Wir nehmen nur Proviant und unsere Gewehre mit. In diesem Gelände kommen wir außerdem zu Fuß fast so schnell vorwärts wie zu Pferd, und manchmal können wir wohl sogar abkürzen.«
Li ließ sich nicht zweimal auffordern. In wenigen Minuten waren die Decken eingerollt und alles, was mitgenommen werden sollte, eingepackt; um den Leib wickelte sich der Chinese ein langes Seil, das er immer bei sich hatte, und schon ging die Reise weiter.
Gegen ein Uhr mittags erreichten die beiden Wanderer die Höhe der Bergkette, hinter der Tanaias Reich begann. Allerdings konnten sie nicht wissen, wie weit es noch bis zu der Hauptstadt dieses Reiches war.
Als Cyprien und Li sich an den Abstieg machten, lachte Li plötzlich erfreut auf.
»Giraffen!« rief er. Tatsächlich – wenige hundert Meter entfernt weideten etwa zwanzig Giraffen auf dem Grund eines herabführenden Tales.
»Man könnte vielleicht zwei von den lieben Tierchen einfangen«, meinte Li nachdenklich.
»Um etwa darauf zu reiten? Wo gibt's denn so etwas?« fragte Cyprien verdutzt.
»Ich weiß nicht, ob das geht«, sagte Li. »Aber wer weiß!«
Cyprien erklärte sich bereit, bei dem Unternehmen zu helfen.
»Gut also«, sagte Li, »der Wind steht von den Giraffen zu uns, das ist günstig; wenden Sie sich also nach rechts, erschrecken Sie die Tiere mit einem Schuß und treiben Sie sie auf mich zu – den Rest besorge ich allein.«
Cyprien nahm seine Büchse und begab sich in die angegebene Richtung; Li kletterte inzwischen behend den Abhang hinunter bis zu einem Pfad, auf dem zahlreiche Hufabdrücke verrieten, daß die Giraffen hier häufig vorbeikamen. Dort nahm er sein lan-

ges Seil, schnitt es in zwei Stücke, knüpfte zwei Schlingen und band die anderen Enden der Lassos an Bäume. Kaum war er mit diesen Vorbereitungen fertig geworden, als auch schon in einiger Entfernung ein Schuß krachte und ein wildes Getrappel das Näherkommen der Giraffenherde verriet. Kurz darauf donnerte die Herde auf dem engen Pfad an Li vorüber. Drei oder vier ließ er passieren, dann schleuderte er sein erstes Lasso, traf eine besonders große Giraffe und brachte sie blitzartig zum Stehen. Der Chinese kümmerte sich jedoch nicht um seinen Fang, sondern warf blitzschnell das zweite Lasso, und zwar mit ebensoviel Erfolg. Alles war in kaum einer halben Minute abgelaufen, und Cyprien, der mit nicht allzuviel Vertrauen hinzukam, mußte zu seinem Erstaunen feststellen, daß zwei prächtige Giraffen nur darauf warteten, bestiegen zu werden.

Dann fertigte Li aus einem Seil zwei starke Halfter an, der Rest des Seiles wurde zu Zügeln hergerichtet, und nach kaum einer Stunde konnten sie die Giraffen schon hinter sich her ziehen, zurück zum letzten Halteplatz. Dort holten sie die Sättel aus dem Versteck, und bevor sie sich zum Schlaf niederlegten, ritt Li die Giraffen noch ein wenig ein, um ihnen eventuelle Widerstandsgelüste auszutreiben. Das erwies sich bei dem sanften Charakter der Tiere als nicht schwer.

16

Das Besteigen der Giraffen am nächsten Tage bot keine Schwierigkeiten; wenn die beiden Reiter auch ein recht merkwürdiges Bild abgaben, so kamen sie doch weitaus schneller als Fußgänger voran, auch wenn die Giraffen eine entsetzlich harte Gangart hatten und zur gleichen Zeit so stark schwankten wie Kamele, so daß die Seekrankheit den Reitern zunächst als harmlos erschien gegenüber dem von ihren Reittieren verursachten Gefühl. Nach wenigen Stunden hatten sich jedoch beide an die Schaukelbewegungen gewöhnt, und nun galt es, durch erhöhte Geschwindigkeit die während der letzten Tage verlorene Zeit wieder aufzuholen. Drei Tage scharfen Reitens brachten sie aus dem Gebirge heraus in eine Ebene, in der sie nun einem genau nach Norden fließenden, ziemlich windungsreichen Fluß folgten – sicherlich einem Nebenfluß des Sambesi. Die Giraffen waren inzwischen vollkommen zahm, und Cyprien konnte sogar auf die Zügel verzichten und sein Reittier nur durch Schenkeldruck lenken. Um so mehr Vergnügen machte es ihm daher, aus seiner luftigen Höhe die Landschaft zu betrachten. Überall machten sich jetzt Spuren einer wenn auch schwachen Besiedlung bemerkbar, was sich jedoch noch nicht auf den Tierreichtum dieser Gegend ausgewirkt hatte.

Ganz hingegeben an das Schauspiel einer Gazellenherde, die in graziösen Sprüngen vor den Reitern dahinstob, waren Cyprien und Li höchst überrascht, als sie, um einen kleinen Hügel biegend, etwa vier Meilen vor sich plötzlich Annibale Pantalacci sahen, der im Galopp hinter dem Straußenwagen Matakits herjagte und ihm bereits auf eine Meile nahegekommen war.

»Hurra!« riefen die beiden wie aus einem Munde und setzten ihre Giraffen in scharfen Trab, um sich an diesem Wettreiten zu beteiligen.

Matakit hatte offensichtlich gemerkt, daß Pantalacci ihm auf den Fersen war; er trieb seinen Strauß zu höchster Geschwindigkeit an, denn er konnte sich denken, daß der Neapolitaner mit ihm keinen langen Prozeß machen würde. Der Straußenwagen flog nur so dahin, bis er plötzlich mit einem Rad gegen einen großen Stein stieß und umkippte. Matakit überschlug sich mehrmals und blieb einen Moment liegen; doch dann raffte er sich eilig wieder auf, spannte den Strauß aus, schwang sich auf seinen Rücken und floh so schnell wie möglich weiter.

Doch Annibale Pantalacci war durch diesen Zwischenfall ein ganzes Stück näher gekommen; doch bevor er den Kaffern einholen konnte, war der im schützenden Dickicht verschwunden, und Pantalacci flog in hohem Bogen aus dem Sattel seines Pferdes, das über die Savanne entfloh.

»Matakit entwischt uns!« rief Li.

Jetzt konnte die Reise weitergehen.
Im Giraffengalopp hetzten die Verfolger hinter dem Schurken her.

»Ja«, antwortete Cyprien, »aber der Schurke Pantalacci ist in unserer Hand!« Beide trieben ihre Giraffen schneller vorwärts, und nach kurzer Zeit konnten sie erkennen, was den Unfall des Neapolitaners verursacht hatte.
In der Hitze der Verfolgung hatte er ein ungeheures Netz übersehen, das die Kaffern hier ausgespannt hatten, um Vögel darin zu fangen. In diesem Netz hatte sich Pantalacci verwickelt.
Man darf sich darunter jedoch kein kleines Netz vorstellen! Mindestens fünfhundert Meter maß es an jeder Seite, und in ihm hatten sich bereits mehrere Tausend Vögel gefangen, von jeder Art und Gattung, bis hinauf zu einer Flügelspannweite von einundeinhalbem Meter. In diesem Netz zappelte nun der Neapolitaner und brachte durch seine Befreiungsversuche die unzähligen Vögel in größte Aufregung. Aber alle seine Bemühungen waren umsonst. Je mehr er sich anstrengte, desto enger verwickelte er sich in den Maschen, und gerade, als die beiden Reiter auf ihren Giraffen herangekommen waren, fuhr plötzlich ein heftiger Windstoß über die Ebene. Mit einem Ruck riß er die letzten Pfähle des schon gelockerten Netzes aus der Erde, das riesige Gespinst wurde in die Luft geweht und darin noch von den gewaltigen Anstrengungen der gefangenen Vögel unterstützt. Die Vereinigung all dieser unzähligen Flügel und Muskeln bewirkte, daß das Netz im Wind mit dem daranhängenden Neapolitaner über dreißig Meter hochgerissen wurde. Auf und nieder schwankend, bewegte sich das fliegende Netz über die Ebene, dann gaben einige Maschen nach, und der Neapolitaner fiel wie eine schwere Masse auf die Erde zurück.
Cyprien und Li konnten nur noch den Tod ihres Feindes feststellen, während sich das Netz, vom Gewicht Pantalaccis befreit, noch einmal in die Höhe erhob und erst einige Meilen weiter auf die Erde zurücksank. Cyprien war also der letzte der vier Rivalen, die einstmals mit dem gleichen Ziel aufgebrochen waren.

*Festgekrallt in die Maschen eines riesigen Netzes,
begann der verräterische Neapolitaner seine unfreiwillige Himmelfahrt.*

17

Nichts konnte die beiden Reisenden an diesem Ort länger festhalten. Sie zogen also längs des Dickichts nach Norden weiter, kamen jedoch bald an einen gewaltigen See, der ihnen die Weiterreise verwehrte. Es blieb ihnen nichts anderes übrig, als in unwegsamem Gelände den See zu umreiten. Häufig mußten sie absteigen und ihre Giraffen am Zügel führen, so daß es mehrere Stunden dauerte, bis sie um den See herumgekommen waren. Schon war es dunkel geworden, und so beschlossen sie, hier ihr Nachtlager aufzuschlagen. Es war freilich ein recht armseliges Lager; ihre Vorräte waren zur Neige gegangen. So stimmte der junge Ingenieur nach einigem Zögern doch bereitwillig zu, als Li ihm vorschlug, er wolle allein zum nächstgelegenen Dorfe reiten, um dort Hilfe für seinen erschöpften Herrn zu besorgen. Innerhalb von 48 Stunden wollte er zurück sein. Kaum hatte Cyprien diesem Vorschlag zugestimmt, als sich der rastlose Chinese auch schon auf seine Giraffe warf und in der Finsternis verschwand.

Zum ersten Mal auf dieser Reise sah sich Cyprien nun völlig allein. Nachdem er jedoch fest und traumlos geschlafen hatte, fühlte er sich voll neuer Hoffnung. Um der Wartezeit einen Sinn zu geben, beschloß er, den höchsten Hügel in der Nähe zu besteigen, von dem aus er die Umgebung kontrollieren konnte, und um von dort aus mit Hilfe seines Fernrohres nach Matakit Ausschau zu halten.

Nachdem er seine Giraffe so angepflockt hatte, daß sie für einige Tage genug Futter suchen konnte, belud sich der junge Ingenieur mit einer Decke und seiner Büchse und machte sich an die Besteigung des Berges.

Der Aufstieg war lang und beschwerlich. Die Nacht überraschte ihn, als er sich erst auf halber Höhe befand, und erst am nächsten Morgen sah er sich auf dem Gipfel. Hier erwartete ihn eine herbe Enttäuschung. Der Himmel hatte sich bedeckt; dichte Nebelmassen verwehrten ihm jede Aussicht auf das tiefer gelegene Land. Cyprien ließ sich die Hoffnung nicht rauben; den ganzen Tag wartete er auf eine Aufhellung des trüben Himmels; aber umsonst: gegen Abend begann es sogar, stetig und alles durchdringend, zu regnen. Bald war alles durchnäßt, und die Lage begann kritisch zu werden. Nirgends bot sich ein Schutz gegen die herabströmende Sintflut, und da ein Abstieg in diesem Wetter die reine Tollheit gewesen wäre, mußte sich der junge Ingenieur wohl oder übel mit dieser Situation abfinden. Schließlich gelang es ihm, etwas Schlaf zu finden; aber als er am Morgen unter einem trüben, noch immer Wassermassen verströmenden Himmel erwachte, war er von einem hitzigen Fieber erfaßt.

Cyprien mußte erkennen, daß ihm in dieser Lage keine andere Wahl blieb, als den Abstieg zu versuchen. Unter ungeheuren Anstrengungen, mehrmals stürzend, gelangte er schließlich gegen Mittag an den Lagerplatz, wo er seine Giraffe zurückgelassen hatte. Das Tier hatte jedoch den Strick, an dem es angepflockt gewesen war, durchgenagt und sich aus dem Staub gemacht.

Cyprien konnte dieser neue Schlag des Mißgeschicks kaum erschüttern; schon war er von den Anstrengungen und dem Fieber so erschlafft und kraftlos, daß er gerade noch trockene Kleider anziehen konnte. Dann brach er unter dem Schutz eines Baumes zusammen. Ein Zeitraum wunderlichen Halbschlafs begann, Zeit, Raum und Entfernung schienen sich für ihn zu verwischen; Delirien und Fieberschauer suchten ihn heim. So verwunderte er sich auch nicht, als er am nächsten Morgen – der Regen hatte aufgehört – wenige Meter von sich entfernt einen sehr großen Strauß erblickte, der ihn plötzlich auf französisch anredete.

»Cyprien Méré! Ich täusche mich nicht! Was machst du denn hier in dieser gottverlassenen Wildnis?«

Auch dieses Phänomen erschien dem jungen Ingenieur ganz natürlich. In der Nacht hatte er schlimmere Bilder gesehen als französisch sprechende Strauße.

»Ich bitte um etwas mehr Höflichkeit«, antwortete er. »Seit wann duzen wir uns eigentlich?«

Der trockene, kurz abgebrochene Ton verriet dem Strauß das Fieber, das Cyprien schüttelte.

»Jessas«, rief er, »den hat's aber erwischt!« Und sogleich zog er unter seinem linken Flügel eine Lederflasche mit Kognak hervor und flößte ihn dem Kranken ein. Dann warf er sein Federkleid ab, entledigte sich seines langen Halses mit dem Straußkopf und entpuppte sich als ein großer, kräftiger Bursche: Pharamond Barthès, der große Jäger vor dem Herrn.

»Natürlich bin ich's!« rief er fröhlich. »Hast du mich denn nicht gleich erkannt? Das Straußenkostüm benutze ich nur für die Straußenjagd, um näher an die Viecher ranzukommen und sie dann mit dem Spieß zu erlegen! Aber reden wir lieber von dir! Wie kommst du hierher? Es war der reine Zufall, daß ich dich hier fand!«

Cyprien konnte kaum sprechen; dementsprechend war seine Auskunft recht dürftig, und Pharamond Barthès erkannte schnell, daß er zunächst das Sumpffieber Cypriens bekämpfen mußte. Er konstruierte also in aller Eile ein Schwitzbad nach Kaffernart, steckte Cyprien so hinein, daß nur sein Kopf draußen blieb, und schon nach wenigen Minuten schwitzte Cyprien nach Leibeskräften und mußte dazu noch mehrere Tassen eines Kräutertees trinken, den Pharamond ihm sachverständig zusammengebraut hatte. Danach verfiel er bald in einen tiefen, erfrischenden Schlaf, aus dem er erst bei Sonnenuntergang wieder erwachte. Er fühlte sich so gekräftigt, daß er zu essen verlangte; er bekam eine kräftige Suppe und fühlte sich danach wieder soweit hergestellt, daß die beiden Freunde sich über ihre Erlebnisse Rechenschaft geben konnten.

Es stellte sich heraus, daß Pharamond – unersättlich auf der Jagd nach neuen Trophäen und Jagdmethoden – in Begleitung von dreißig Basutos in dieses Land gekommen war, bei Tanaia, dem König, Gastfreundschaft gefunden und sogar sein Blutsbruder geworden war, weil er ihm seine Basutos nebst einigen Flinten für einen Kriegszug gegen seine Nachbarn ausgeliehen hatte. Er war nun ein geehrter Gast am Hofe des Kaffernkönigs, und das ganze Land stand ihm zur Jagd frei. Und weil er sich auch einmal in der Straußenjagd nach Kaffernart hatte versuchen wollen, saß er nun neben seinem alten Freund Cyprien und lauschte aufmerksam dessen Erzählung von seinen vielfältigen Abenteuern. Es stellte sich bald heraus, daß Pharamond nicht nur Cypriens graues Pferd gefunden hatte, das er am nächsten Morgen herbeizuholen versprach, sondern auch Auskunft über Matakit geben konnte. Nur einen Tag vorher hatten seine Basutos einen jungen, umherschweifenden Kaffern gefangen, den sie gefesselt Tanaia übergeben hatten. Er wurde als Spion angesehen, und wenn er nicht einige Zauberkunststückchen gekannt hätte, wäre ihm sicherlich sehr übel mitgespielt worden.

»Das ist Matakit!« rief Cyprien erfreut, als er dies hörte. »Es kann kein anderer sein!«

Und nachdem die beiden Freunde eine weitere Nacht an diesem Ort verbracht hatten und auch Li pünktlich mit einigen Vorräten zurückgekehrt war, holten sie Cypriens Pferd und begaben sich auf den Weg in die Hauptstadt Tanaias.

18

Diese Hauptstadt lag halbkreisförmig auf einer Bodenerhöhung und hatte etwa zehn- bis fünfzehntausend Einwohner; es war eine richtige Stadt mit guten Straßen und geräumigen, fast eleganten Hütten, die einen gewissen Wohlstand verrieten. Der Palast des Königs allein nahm etwa ein Viertel des städtischen Gebietes ein. Pharamond Barthès brauchte sich nur zu zeigen, und schon wurde er freundlich empfangen und zusammen mit Cyprien durch eine Anzahl geräumiger Höfe in den Thronsaal des Königs geführt.

Tanaia mochte etwa vierzig Jahre alt sein. Er war groß und stark. Seine Kleidung bestand aus einem roten Mantel ohne Ärmel und aus einem reich mit Glasperlen bestickten Schurz. Auf dem Kopf trug er eine Art Diadem aus Eberzähnen, und Arme und Beine waren mit Kupferspangen geschmückt. Cyprien, als Freund seines Blutsbruders, wurde mit der entsprechenden Freundlichkeit empfangen und erhielt sogleich ein schönes Zimmer und ein vortreffliches Abendessen. Pharamond hatte ihm empfohlen, noch nicht nach Matakit zu fragen, und so wurde dieses Thema für den nächsten Tag aufgehoben.

Am nächsten Morgen fühlte sich Cyprien wieder völlig hergestellt und konnte vor dem König erscheinen. Im Thronsaal war der ganze Hofstaat versammelt; Tanaia saß in der Mitte des Kreises. Pharamond Barthès, der die Landessprache inzwischen erlernt hatte, führte die Verhandlungen.
»Meine Basutos«, so sprach er den König an, »haben dir neulich einen Gefangenen übergeben. Nun hat sich herausgestellt, daß es sich dabei um einen Diener meines Begleiters, des weisen Cyprien Méré, handelt, und so rufe ich deinen Edelmut an, ihm diesen Diener wieder auszuliefern.«
»Der weise Cyprien Méré ist mir willkommen«, antwortete der König würdevoll. »Doch was bietet er für den Austausch des Gefangenen?«
»Ein vortreffliches Gewehr, hundert Patronen und ein Säckchen mit Glasperlen«, bot Pharamond, und das zustimmende Gemurmel der Versammlung zeigte, daß dies als guter Preis betrachtet wurde.
Doch Tanaia schien davon nicht besonders beeindruckt. »Tanaia ist ein großer Fürst«, antwortete er, »und die Götter beschützen ihn! Erst vor einem Monat haben sie ihm den großen weißen Jäger gesandt, mit dessen Hilfe er seine Feinde überwand. Wenn du, Pharamond Barthès, darauf bestehst, wird der Diener seinem Herrn gesund zurückgegeben werden.«
»Und wo ist er jetzt?« fragte der Jäger.
»In der heiligen Grotte, wo er Tag und Nacht bewacht wird. Du bist mein Freund, Pharamond Barthès, und deshalb werde ich dir eine Gnade gewähren, die ich noch keinem Weißen gewährt habe. Du und dein Freund, könnt ihr einen Eid halten?«
Pharamond Barthès bejahte.
»Gut«, fuhr der König fort. »So schwört, daß ihr nichts von dem anrührt, was ihr in der Grotte sehen werdet! Schwört, daß ihr, wenn ihr die Grotte verlassen habt, niemandem von ihr erzählen werdet! Und schwört, daß ihr niemals versuchen werdet, noch einmal in diese Grotte zurückzukehren oder zu versuchen, den Weg zu ihr wiederzufinden!«
Bereitwillig unterzogen sich Pharamond und Cyprien der Eides-

zeremonie. Tanaia erteilte einige Befehle, die Krieger stellten sich in zwei Reihen auf, und nachdem den beiden Weißen die Augen verbunden worden waren, setzte sich der Zug hinter dem König in Bewegung. Der Weg war weit, wohl zwei Stunden lang wurden die beiden geführt, und aus der Art des Weges konnten sie erraten, daß es in die Berge ging. Schließlich bemerkten sie aus verschiedenen Anzeichen, daß sie einen unterirdischen Raum betreten hatten; etwa eine halbe Stunde lang ging es im Licht von Fackeln weiter, und schließlich war man angelangt. Die Binden wurden ihnen von den Augen genommen.

Verwirrt rieben sie sich die Augen: sie sahen buchstäblich Sterne. Aber dies war nicht auf die lange Blindheit zurückzuführen; sie standen vielmehr in einer ungeheuren Grotte, deren Wände, aus unzähligen Kristallen in den verschiedensten Formen und Farben gebildet, das Licht der Fackeln zu einem märchenhaften Flackern und Flimmern reflektierten. Felsen aus Amethyst, Mauern aus Rubinen, Smaragdnadeln, Türkisgirlanden, Opalspiegel, Gänge aus Lapislazuli mit Goldadern – die Natur hatte hier sämtliche wertvollen Mineralien verschwenderisch auf einem Haufen ausgestellt. Dies alles bildete eine erstaunliche Symphonie von Licht und Farben, genug, um jeden gewöhnlichen Sterblichen zu blenden.

Cyprien war wie versteinert. Der Wert der in dieser Höhle vereint liegenden Schätze ließ sich in hergebrachten Werten gar nicht ausdrücken, er ging in die Trillionen und Quadrillionen. Es war kaum anzunehmen, daß Tanaia den Wert dieser Grotte kannte, denn auch Pharamond Barthès schien, obwohl er von der Schönheit der Grotte entzückt war, keinen Augenblick zu ahnen, daß alle diese funkelnden Kristalle in Wirklichkeit die wertvollsten Edelsteine waren.

Die Grotte wurde wohl vielmehr als heiliger Platz benutzt, und darauf deutete auch ein gewaltiger Haufen verblichener Gebeine, der sich an einer Seite erhob. Offensichtlich hatte man hier Menschenopfer abgehalten; auch Pharamond Barthès war dieser Ansicht, beruhigte aber nach einem kurzen Gespräch mit dem König seinen Freund.

»Tanaia hat mir versichert, daß es solche Opfer nicht mehr gegeben hat, seitdem er an die Herrschaft gelangt ist.« Der König und seine beiden Gäste waren inzwischen an einen Seitengang der Grotte gekommen, der von einem festen Gitter abgeschlossen wurde. Hinter diesem Gitter lag Matakit, von Angst und Schrekken fast gelähmt.
»Ach Herr«, rief er, als er Cyprien erkannt hatte. »Holen Sie mich hier heraus! Lassen Sie mich im Griqualande hängen, aber alles ist besser, als in diesem Loch zu verschmachten!«
Er sprach mit so kläglicher Stimme, daß Cyprien sich ganz ergriffen fühlte.
»Gut, Matakit!« antwortete er. »Ich kann dir die Freiheit wieder verschaffen, aber erst, wenn du mir den Diamanten zurückgegeben hast!«
»Den Diamanten, Herr?« rief Matakit. »Aber den habe ich nicht! Den habe ich niemals gehabt! Ich schwöre es Ihnen!«
Er sprach mit einer solchen Überzeugungskraft, daß Cyprien an seiner Aufrichtigkeit nicht zweifeln konnte. »Aber wenn du es nicht warst, der den Diamanten nahm«, fragte er, »warum bist du dann überhaupt geflohen?«
»Bester Herr!« antwortete der Kaffer. »Sie kennen doch selbst die Rechtspflege im Griqualand! Erst hätte man mich gehängt, dann verhört und schließlich das Urteil über mich gesprochen ... und wenn dann meine Unschuld herausgekommen wäre, hätte ich mich zwar sehr gefreut, aber viel hätte ich nicht mehr davon gehabt!«
»Er scheint mir nicht so unrecht zu haben!« meinte Pharamond Barthès.
»Ich zweifle auch nicht daran«, meinte Cyprien. Dann wandte er sich an Matakit: »Und dennoch willst du ins Griqualand zurückkehren, obwohl du weißt, was dich dort wahrscheinlich erwartet?«
»Alles will ich tun, wenn ich nur hier herauskomme!«, antwortete der unglückliche Kaffer.
Pharamond Barthès eröffnete sogleich die Verhandlungen und trug dem großen Tanaia noch einmal die Angelegenheit vor.

»Was verlangst du für diesen Gefangenen?« schloß er seine Rede ab.
Der König besann sich nicht lange. »Ich verlange vier Gewehre, hundert Patronen für jedes Gewehr und vier Säckchen mit Glasperlen.«
»Das ist viel«, antwortete Barthès. »Aber Pharamond Barthès ist dein Freund und tut alles, um dir gefällig zu sein!«
Er dachte einen Augenblick nach und fügte dann hinzu: »Höre mich an, o König! Du sollst das Verlangte haben – aber dafür lieferst du uns das nötige Ochsengespann, Nahrungsmittel und ein Ehrengeleit, das uns sicher nach Transvaal zurückbringt!«
»Abgemacht!« erklärte Tanaia würdevoll und höchst zufrieden.
Der Gefangene wurde nun freigelassen, und nachdem Cyprien und Pharamond noch einen letzten Blick auf die Herrlichkeiten der Höhle geworfen hatten, ließen sie sich ohne Widerspruch die Augen verbinden und gelangten zurück in Tanaias Palast, wo zur Feier des abgeschlossenen Vertrages ein großes Fest veranstaltet wurde. Am nächsten Tag brachen die beiden Europäer, Li und Matakit mit zahlreichem Geleit auf. Jetzt konnte man sich keinen Illusionen mehr hingeben. Der ›Südstern‹ war unwiederbringlich verloren.

19

Nie hatte John Watkins so schlechte Laune gehabt wie nach der Abfahrt der vier Brautwerber. Jeder Tag, jede Woche verringerte seine Hoffnung, den Südstern jemals wiederzusehen, und so fand er nur im Gin noch Trost, einen Trost, den er sich ausgiebig zukommen ließ. Seine Laune wurde dadurch allerdings auch nicht besser. Auch Alice fühlte sich unglücklich. Sie sang nicht mehr, ihr Klavier blieb stumm, und auch der gefräßige Franz, ihr Straußenliebling, konnte ihr nur noch ein müdes Lächeln entlocken. Dazu lebte sie in zweifacher Furcht. Bardik, der tatsächlich von einer schweifenden Kaffernschar gefangen genommen worden war, war nach einigen Tagen entwischt und auf die Farm zurückgekehrt. Von ihm erfuhr sie vom Tod Friedels und James Hiltons und wußte nun, daß von den Bewerbern nur noch Cyprien und Annibale Pantalacci übrig geblieben waren.

Nun fürchtete sie einerseits, daß Cyprien niemals wieder heimkehren würde, und zum anderen, daß der verhaßte Neapolitaner den Preis davontragen und sie zur Frau gewinnen würde; sie dachte daran am Tage, träumte davon in der Nacht, und ihre Wangen wurden bleich, ihre Augen trübe. Seit drei Monaten wartete sie nun schon schweigend und kummervoll. Auch an diesem Abend saß sie unter der Lampe an einer Stickerei und hing ihren Gedanken nach, während sich ihr Vater mit der Ginflasche beschäftigte.

Ein leichtes Klopfen riß sie aus ihren Gedanken.

»Herein!« rief sie verwundert und fragte sich, wer sie noch zu dieser Stunde besuchen wollte.

»Ich bin's nur«, erklang eine Stimme, die sie erschrecken ließ – es war Cyprien.

Bleich, abgezehrt, erschöpft, bärtig, in abgerissener Kleidung, aber noch immer lebhaft und mit freudestrahlenden Augen stand er vor Alice, die sich mit einem Aufschrei der Freude erhob. Auch John Watkins war aus seinem Gindusel aufgewacht. Kaum hatte er den Ankömmling erkannt, als ihm auch schon ein Schrei aus der Tiefe seines Herzens entfuhr: »Der Diamant?«

Der war allerdings nicht mit Cyprien zurückgekommen.

Den ganzen Abend erzählte nun Cyprien von seinen Abenteuern, und nur zwei Dinge verschwieg er: die Hinterlist seiner Gefährten und die Wundergrotte, von der zu schweigen er geschworen hatte. Mit einiger Mühe gelang es ihm auch, den Farmer von der Unschuld Matakits zu überzeugen; aber da er merkte, daß er nicht alle Zweifel im Herzen des Diamantenliebhabers ausgeräumt hatte, pries er insgeheim seine Vorsicht, die ihn dazu bewogen hatte, Matakit nicht ins Lager zurückzubringen. Der Kaffer wartete vielmehr in einiger Entfernung auf den Zeitpunkt, zu dem seine Rückkehr mit Sicherheit ungefährlich sein würde.

Auch Pharamond Barthès war nicht mitgekommen; an der Spitze seiner Basutos hatte er sich auf den Weg nach Durban gemacht. Aber auch im Lager der Diamantengräber hatte sich in seiner Abwesenheit einiges zugetragen. Zu seiner Freude konnte er erfahren, daß sein Claim, den er zusammen mit Thomas Steele gepachtet hatte, sich als sehr lohnend erwiesen hatte und daß sein Partner drauf und dran war, einer der reichsten Diamantengräber des Lagers zu werden. Alice erzählte von ihren chemischen Studien und berichtete, daß sie in Cypriens Laboratorium einige Versuche angestellt hatte.

»Aber machen Sie sich keine Sorgen«, fügte sie hinzu, »ich habe nichts zerbrochen und alles wieder aufgeräumt. Aber wirklich, Herr Méré, ich begreife nicht, wie Sie eine so schöne Wissenschaft aufgeben konnten, um dafür Diamantengräber oder Buschreisender zu werden!«

»Aber Sie wissen doch, aus welchem Grunde ich zeitweilig auf die Chemie verzichtete?« fragte Cyprien leise.

»Ich weiß gar nichts!« rief Alice und wurde etwas rot. »Ich weiß nur, daß ich an Ihrer Stelle wieder versuchen würde, Diamanten künstlich herzustellen; das würde Ihnen besser anstehen, als sie unter der Erde zu suchen!«

Diese Worte ließen den jungen Ingenieur noch nachdenken, als er sich schon längst zum wohlverdienten Schlaf zurückgezogen hatte.

Der nächste Morgen verging mit einem Besuch bei Thomas Steele, der seinen Partner herzlich begrüßte. Cyprien machte mit ihm aus, daß Bardik und Li wieder ihre Arbeit in der Grube aufnehmen sollten; er selbst war freilich entschlossen, nicht wieder dort zu arbeiten.

Dazu wurde er auch durch das Verhalten John Watkins' angespornt; seit nämlich der ›Südstern‹ unwiederbringlich verloren schien, sprach er kein Wort mehr, das der junge Ingenieur als Aufforderung zur Werbung um Alice hätte verstehen können – um so mehr beflügelte ihn die Hoffnung, durch die Herstellung eines neuen, ebenso schönen Diamanten die Gefühle des alten Farmers wieder zu ändern. Er entschloß sich also, sogleich an die

Arbeit zu gehen und bemühte sich auch gar nicht, den Diamantengräbern des Lagers gegenüber seine Ansichten zu verschleiern.

Er beschaffte sich ein neues, widerstandsfähigeres Rohr, und die Arbeit begann genauso wie beim ersten Versuch, nur daß diesmal anstelle Matakits, der zur Vorsicht noch immer außerhalb des Lagers wartete, nun Bardik das Feuer schürte. Inzwischen wollte Cyprien eine andere Arbeit abschließen, deren Resultate er für seinen Bericht an die Akademie benötigte und die er bisher noch nicht hatte in Angriff nehmen können: nämlich die genaue Bestimmung einer Bodensenkung im Nordosten der Ebene, die er für den Ursprungsort der Gewässer hielt, von denen in längst vergangener Zeit seiner Theorie zufolge die Diamantenbildung im Distrikt ausgegangen war.

Wie allen anderen Arbeiten widmete er sich auch dieser mit der größten Genauigkeit und trug die durch Vermessung gefundenen Daten in ein Meßtischblatt ein, das er sich in Kimberley verschafft hatte. Seltsamerweise stimmten die von ihm erarbeiteten Daten nirgends mit den aufgeführten Zahlen überein, so daß er schließlich zu der Vermutung gelangte, daß der Plan falsch aufgenommen und die Längen- und Breitengrade nicht richtig eingetragen worden waren.

Er bestimmte also aufs neue die Länge des Ortes und bediente sich dazu genau zur Mittagszeit eines vorzüglichen, auf die Pariser Sternwarte abgestimmten Chronometers. Da er sich außerdem auf die Zuverlässigkeit seines Kompasses und seiner anderen Instrumente verlassen konnte, gab es nach getaner Arbeit für ihn keinen Zweifel, daß der auf der Karte angegebene Nordpunkt in Wirklichkeit im Nordnordwesten lag. Dementsprechend waren natürlich alle darauf gegründeten Angaben der Karte mehr oder weniger ungenau. Nach kurzem Überlegen hatte er auch die Gründe für diesen doch recht starken geodätischen Fehler (der übrigens historisch ist) gefunden: die Geometer, die dieses Gebiet zum ersten Mal vermessen hatten, hatten die Abweichung der Magnetnadel außer acht gelassen, die hier etwa 29 Grad nach Westen betrug. Dementsprechend ergab sich, daß alle Längen-

und Breitenangaben auf der Karte um ein Bogensegment von 29 Grad in der Richtung von West nach Ost um den Mittelpunkt der Karte gedreht werden mußten.

Cyprien hatte natürlich keine Ursache, diesen Fehler zu verschweigen. So erzählte er ihn eines Tages auch dem alten Jacobus Vandergaart, der ihn darauf mit einem seltsamen Blick ansah.

»Sie sind sich dessen ganz sicher?« fragte er interessiert. »Und Sie wären bereit, diese Tatsache auch vor den zuständigen Behörden zu vertreten?«

»Aber sicher!« entgegnete Cyprien mit der Gewißheit des Wissenschaftlers.

Jacobus Vandergaart zog sich zurück, ohne noch einmal auf dieses Thema zurückzukommen, und als Cyprien den alten Steinschneider zwei oder drei Tage später wieder einmal besuchen wollte, fand er dessen Tür verschlossen. Nur eine kurze Notiz gab an, er sei in Geschäften abwesend.

20

In den folgenden Tagen arbeitete Cyprien unverdrossen weiter an seinem Experiment; aber das Interesse, das er damit bei den Bewohnern des Lagers hervorrief, war nicht überall freundlich. Zwar besuchte ihn Alice häufig, um sich nach seinen Fortschritten zu erkundigen, zwar bemühte sich einmal sogar der alte John Watkins zu ihm, um sich über die Möglichkeit eines neuen ›Südsterns‹ zu informieren und längst begrabene Hoffnungen wieder aufflackern zu lassen, aber insgesamt war die öffentliche Meinung des Lagers dem jungen Ingenieur nicht gerade günstig gesinnt. Die Unruhe unter den Diamantengräbern wuchs fast täglich, entsprechend der Zuversicht, die Cyprien an den Tag legte, und die Furcht vor dem Ruin und dem Untergang der Diamantengräberei ließ bald eine gefährliche Stimmung im Lager aufkommen.

Cyprien ließ sich jedoch deshalb keine grauen Haare wachsen; das änderte sich auch nicht, als er eines Tages feststellen mußte,

daß Unbekannte während der Abwesenheit Bardiks den Ofen demoliert und das Feuer gelöscht hatten. Alle Instrumente waren zerschlagen, die ganze Anlage zerstört, und von den Motiven der Randalierer zeugte eine Kreideinschrift auf einem Mauerrest: »Letzte Warnung!« stand da zu lesen.
Aber Cyprien wollte sich nicht einschüchtern lassen. Er fing von vorne an, und schon am nächsten Abend ließ sich erkennen, daß er nur wenige Tage brauchen würde, um die Anlage wieder in Gang zu setzen. Die Entschlossenheit des jungen Ingenieurs war nicht verborgen geblieben; und so verwunderte es nur ihn selbst, als in derselben Nacht dumpfe Schläge gegen seine Tür dröhnten und ihn weckten.
Fünf schwarz maskierte und mit Revolvern bewaffnete Männer drangen im Lichte von Laternen in sein Zimmer ein und stellten sich stillschweigend an seinem Bett auf.
Eine rauhe Hand legte sich auf seine Schulter, und eine Stimme, die in Cyprien jeden Gedanken an einen dummen Scherz verscheuchte, sagte:
»Cyprien Méré!
Hiermit sei Ihnen mitgeteilt, daß das Femegericht des Vandergaart-Lagers, das aus zweiundzwanzig Beisitzern besteht und im Namen des gesamten Lagers handelt, Sie heute um Mitternacht und fünfundzwanzig Minuten einstimmig zum Tode verurteilt hat.
Sie sind beschuldigt und überführt, durch eine unzeitgemäße und ungesetzliche Entdeckung alle Menschen, die sich hier und anderswo von der Suche nach Diamanten ernähren, schwer geschädigt zu haben.
Das Gericht hat in seiner Weisheit beschlossen, daß eine solche Erfindung vernichtet werden muß, und daß der Tod eines einzigen dem Untergang vieler Tausende vorzuziehen ist, zumal Sie die Warnungen des Gerichts nicht beachtet haben.
Das Gericht gibt Ihnen zehn Minuten, um sich auf den Tod vorzubereiten, dessen Art Sie selbst wählen können. Alle Ihre Papiere werden verbrannt, mit Ausnahme eines Briefes an Ihre Verwandten; Ihre Wohnung wird dem Erdboden gleichgemacht.

*»Cyprien Méré, Ihre letzte Stunde hat geschlagen.
Ein Femegericht der Diamantenschürfer hat Sie zum Tode verurteilt!«*

So gehe es allen Verrätern!«
Cyprien konnte bei diesen Worten nicht mehr an einen Scherz glauben; aber dennoch war er mehr empört als erregt. Wer waren diese Männer? Am Ton ihrer Stimmen konnte er sie nicht erkennen, also bewahrten diejenigen unter ihnen, die er persönlich kannte, klugerweise Stillschweigen.
»Stehen Sie auf!« sagte der Sprecher roh. »Wir haben keine Zeit zu verlieren.«
»Das ist Mord! Ich protestiere!«
»Protestieren Sie soviel Sie wollen, gehängt werden Sie doch! Also vorwärts!«
Und auf diese Worte hin zerrten die Männer den sich wehrenden Cyprien aus dem Bett und stießen ihn zur Tür.
In diesem Augenblick stürzte sich ein Mensch zwischen die Henker – es war Matakit, der zuweilen des Nachts im Lager umherstreifte und die vermummten Männer in Richtung auf Cypriens Hütte hatte gehen sehen. Er hatte sogleich Verdacht geschöpft, war ihnen gefolgt und hatte von außen alles mitangehört. Nun warf er sich zwischen die Männer und schrie:
»Herr, warum wollen diese Männer dich töten?«
»Weil ich einen künstlichen Diamanten hergestellt habe«, antwortete Cyprien gefaßt.
»O Herr, was habe ich angerichtet!« schluchzte der Kaffer.
»Was soll das heißen?« fragte Cyprien verwirrt.
»Ich war es, der den Diamanten in den Ofen gesteckt hat! Ich wollte dir eine Freude machen . . .«
»Was erzählst du da, Kerl!« rief der Sprecher des Gerichts drohend. »Du willst behaupten, du hättest den künstlichen Diamanten in den Ofen getan?«
»Ja, ich war es! Ich spreche die Wahrheit, ich schwöre es! Nur laßt meinen Herrn in Frieden!«
Alle hörten ihm erstaunt zu.
»Am Tage jenes großen Einsturzes, als ich unter dem Geröll begraben wurde«, erzählte Matakit, »da hatte ich gerade den Diamanten gefunden. Ich hielt ihn noch in der Hand und überlegte, wie ich ihn verschwinden lassen könnte, da wurde ich ver-

schüttet ... Als mein Herr mich gerettet hatte, merkte ich, als ich in meinem Bett aufwachte, daß ich den Diamanten noch immer in der Hand hielt. Ich schämte mich, ihm zu gestehen, daß ich ihn hatte stehlen wollen, und beschloß, eine günstige Gelegenheit abzuwarten. Mein Herr versuchte bald darauf, einen Diamanten künstlich herzustellen, und als ich eines Tages das Feuer hütete, platzte mit einem gewaltigen Krach das Kanonenrohr. Da dachte ich, mein Herr würde traurig sein, daß das Experiment fehlgeschlagen war. Deshalb steckte ich den Diamanten in einer Handvoll Erde in das Rohr und brachte den Ofen wieder so in Ordnung, daß mein Herr nichts davon merkte. Dann wartete ich ruhig und sagte kein Wort, und als mein Herr den Diamanten fand, hat er sich sehr gefreut!«

Das schallende Gelächter der fünf maskierten Männer belohnte den Kaffern für seine Erzählung. Cyprien selbst lachte allerdings nicht, sondern biß sich enttäuscht auf die Lippen. Alles was Matakit erzählt hatte, stimmte mit den Tatsachen überein! Cyprien erinnerte sich an den Erdklumpen, den Matakit in der Hand getragen hatte, und auch daran, daß der Diamant in einer Umhüllung aus Ton gefunden worden war, ohne die er in der Hitze des Ofens sicherlich verglüht wäre – ohne Zweifel hatte Matakit die Wahrheit gesprochen.

Auch die Maskierten waren überzeugt. »An der ganzen Sache ist nicht zu zweifeln!« rief einer von ihnen. »Mensch, was waren wir blöd, daß wir wirklich geglaubt haben, man könnte Diamanten künstlich herstellen! Da könnte ja genauso gut jemand einen Stern machen wollen!«

Und wieder lachten alle wie wild.

Cyprien litt unter diesem Lachen mehr als vorher unter dem Urteil.

Nachdem sich die fünf heimlich beraten hatten, nahm ihr Sprecher wieder das Wort.

»Wir sind der Ansicht«, sagte er, »daß das gegen Sie verhängte Todesurteil noch einmal überprüft werden muß. Aber hüten Sie sich, ein Wort davon gegenüber der Polizei zu erwähnen! Nur ein einziges Wort, und das Urteil wird mit Sicherheit vollstreckt!«

Und mit diesen Worten zog er sich, von seinen Begleitern gefolgt, zurück.
Das Zimmer lag wieder im Dunkeln. Fast hätte Cyprien glauben können, er hätte nur geträumt, aber das Schluchzen des jungen Kaffern zu seinen Füßen überzeugte ihn, daß alles wirklich passiert war. Das war also die Wahrheit! Dem Tode war er zwar entgangen, aber nur um den Preis einer furchtbaren Demütigung! Er, ein Bergwerksingenieur, ein hervorragender Chemiker und trotz seiner Jugend namhafter Geologe, hatte sich durch die plumpe List eines Kaffern übers Ohr hauen lassen. Aber bei weiterem Nachdenken mußte Cyprien sich sagen, daß er nur ein Opfer seiner eigenen Eitelkeit und Voreingenommenheit geworden war. Die Schuld lag bei ihm selbst und nicht bei Matakit. Und außerdem, kamen solche Fehlurteile nicht häufig vor, auch bei angesehenen Wissenschaftlern? Mit solchen Überlegungen versuchte Cyprien sich zu trösten, als ihn ein Gedanke fast zu Eis erstarren ließ.
»Mein Bericht an die Akademie über den künstlichen Diamanten! . . . Womöglich haben ihn die Kerle mitgenommen, um sich darüber lustig zu machen!« Fieberhaft suchte er nach dem Bericht und war hocherfreut, als er ihn noch am selben Platze fand. Er gab sich erst zufrieden, als er ihn verbrannt hatte.
Matakit hatte sich noch immer nicht beruhigt. Sein Wehklagen erfüllte den Raum, und es bedurfte einigen Zuredens, bis er nach dem inbrünstigen Versprechen, derartige Heimlichkeiten in Zukunft zu unterlassen, wieder ruhiger wurde. Dazu hatte er allerdings weniger Veranlassung als sein Herr.
Am folgenden Tage nämlich, als es im ganzen Lager herumgegangen war, daß es sich beim ›Südstern‹ nicht um einen künstlichen Diamanten gehandelt hatte, sondern daß Matakit ihn gefunden und schon damals versucht hatte, ihn verschwinden zu lassen, lebte der alte Verdacht gegen ihn wieder auf, und bald waren alle aufs Neue überzeugt, daß nur Matakit der Dieb sein konnte.
Cyprien konnte reden, soviel er wollte – niemand hörte ihn an. Da griff er zum letzten Mittel, über das er verfügte:

»Ob Matakit der Dieb ist oder nicht, das ist mir vollkommen gleichgültig; und wenn ich als der Eigentümer des Steins keine Strafverfolgung beantrage, so sollte das genügen! Und ich war der Eigentümer, bevor ich den Stein Fräulein Alice schenkte, denn Matakit stand in meinem Dienst, als er ihn in meiner Grube fand!«

Die Antwort war nicht ganz in seinem Sinne.

»Schau an, schau an«, entgegnete John Watkins. »Er gehörte also Ihnen! Und was ist mit der Klausel im Pachtvertrag, wonach ich einen Anspruch auf die ersten drei auf Ihrem Claim gefundenen Diamanten habe?«

Cyprien wußte darauf keine Antwort.

»Na, sehen Sie«, meinte der Farmer grinsend. »Und damit es keine Mißverständnisse gibt, sobald Matakit den Stein wieder herausgegeben hat, werden Sie mir freundlicherweise schriftlich bestätigen, daß es sich beim ›Südstern‹ eindeutig um mein Eigentum handelt!«

Cyprien konnte sich nicht wehren. Er mußte unterschreiben, obwohl er ganz genau wußte, daß damit alle seine Hoffnungen, Alice zu gewinnen, in unerreichbare Ferne gerückt waren. Aber schlimmer noch war die Lage für Matakit. John Watkins erhob sogleich Anklage, und der junge Kaffer wurde ohne viel Federlesens verhaftet und eingesperrt. Kaum zwölf Stunden später war er verurteilt, gehängt zu werden, falls er den Diamanten nicht herausgab – und da er das nicht konnte, schien sein Schicksal besiegelt.

21

Als Alice von Cyprien von diesem Urteilsspruch hörte, wollte sie bei ihrem Vater einen letzten Versuch machen; allerdings ließ sich von vornherein absehen, daß sie damit nicht viel Glück haben würde, denn weil Matakit mit keinem Mittel dazu bewegt werden konnte, über den Verbleib des Steins Auskunft zu geben, war John Watkins in einer mörderischen Laune, die er an jedem ausließ, der ihm in den Weg lief. Gerade hatte Alice den Raum betreten, um bei ihrem Vater ein letztes Mal für Matakit zu bitten, als sie ihn wild losschreien hörte.

»Dieser verfluchte Strauß wird langsam unerträglich! Alles frißt er auf! Jetzt ist er mir mit einer Urkunde davongegangen!«

Und wie ein Wilder raste er hinter dem diebischen Franz her.

»Willst du's wohl hergeben, du Miststück! Jetzt hat er's gefressen! Die Originalurkunde über mein Eigentum an der Grube!«

Und ein Strom von Flüchen und Verwünschungen floß hinter dem Strauß her, der durch das Fenster entflohen war.

»Jetzt hörts auf!« schrie der erboste Farmer. »Die Urkunde brauche ich! Umgelegt wird das Vieh, das wollen wir doch mal sehen!«

Er ergriff sein Jagdgewehr, und alle Bitten Alices konnten ihn nicht zurückhalten. Auf dem ganzen Gelände suchte er nach Franz, aber das Straußenmännchen hatte anscheinend gemerkt, daß es zu weit gegangen war; trotz allen Suchens war es nicht aufzufinden. So kam der Farmer auf seiner Suche auch zu Cypriens Hütte. Und tatsächlich, in dessen Arbeitszimmer hatte sich der diebische Vogel verkrochen. Ohne sich um Cyprien zu kümmern, stürzte John Watkins auf den Vogel zu und schrie.

»Hab ich dich, du Wildsau! Jetzt her mit der Urkunde, oder es knallt!« Er zerrte an Franzens Kopf, aber umsonst – die Urkunde war bereits den Weg alles Eßbaren gegangen. Cyprien hatte inzwischen von der tief bekümmerten Alice den Grund der Aufregung erfahren, und als er merkte, daß der Farmer in seiner Wut schon das Gewehr hob, kam ihm ein rettender Gedanke.

»Die Urkunde brauchen Sie, Herr Watkins, das ist klar«, beruhigte er den tobenden Farmer. »Aber deshalb brauchen Sie den guten Franz doch nicht gleich umzunieten. Wir brauchen ihm doch nur seinen Kropf aufzuschneiden – eine ganz harmlose Operation! Das kann ich bequem selbst erledigen, dazu brauchen wir keinen Chirurgen kommen zu lassen!«

Mit einiger Mühe ließ sich der Farmer beruhigen. Blut wollte er sehen, und die Urkunde wollte er wieder haben – wenn sich beide

Wünsche erfüllten, ohne daß der Liebling seiner Tochter dabei draufging, sollte es ihm auch recht sein. Cyprien machte sich also mit Lis Hilte sogleich ans Werk. Zunächst wurde der Strauß so fest wie nur möglich gefesselt. Dann wickelte er seinen Kopf in einen Lappen, den er mit Chloroform getränkt hatte, und dieses Narkosemittel tat auch alsbald seine Wirkung. Der Strauß konnte noch gerade bis acht zählen, dann schlummerte er schon und verriet nur durch sein unmäßiges Schnarchen, daß er noch am Leben war. Mit einem scharfen Messer schnitt Cyprien dann die Haut des Halses auf, nachdem er sich über die Lage des Kropfes vergewissert hatte, tupfte den Einschnitt mit angefeuchtetem Leinen sorgfältig aus und konnte nun in der Operation fortfahren. Nachdem er einige Adern sorgfältig mit kleinen Haken zur Seite schob und von Bardik in dieser Stellung festhalten ließ, öffnete er ein weißes, perlmutterartiges Gewebe um die Schlüsselbeine und hatte bald den Kropf freigelegt.

Dieser Kropfmagen des Straußes hatte die Form einer bräunlichen Tasche, die durch das Futter und die vielen verschlungenen Fremdkörper stark aufgebläht war. Ein Blick auf das mächtige und gesunde Organ zeigte, daß ein Eingriff ziemlich ungefährlich sein mußte. Mit dem großen Jagdmesser Lis machte Cyprien einen tiefen Einschnitt, so daß er leicht mit der Hand in den Kropf hineinfahren konnte.

Als erstes förderte der junge Ingenieur die schmerzlich vermißte Originalurkunde hervor. Sie war fast zu einer Kugel zusammengerollt, etwas zerknittert und naß, aber sonst noch durchaus zu gebrauchen.

»Da stecken auch noch andere Sachen drin!« meinte Cyprien, der seine Hand wieder hineingeschoben hatte. Nacheinander zog er nun die verschiedensten Gegenstände hervor. Alice Watkins' elfenbeinerne Stopfkugel kam zum Vorschein, ein kupferner Handleuchter, Goldmünzen, ein Schlüssel, ein Kamm ... Wieder und wieder fuhr Cypriens Hand in die Höhlung. Plötzlich erbleichte er. Seine Finger hatten einen Gegenstand von außergewöhnlicher Form erfaßt – sollte es ... aber es gab kaum einen Zweifel. Und als er seine Hand mit dem seltsamen Gegenstand

wieder ans Tageslicht gebracht hatte, bestätigte ihn der erstickte Aufschrei des Farmers in seiner Vermutung.
»Der ›Südstern‹!« schrie John Watkins.
Tatsächlich – der berühmte Diamant war unversehrt wiedergefunden. Aber er hatte sich etwas verändert. War er früher pechschwarz gewesen, so leuchtete er nun rosenrot.
»Hab ich dich wieder, mein Sternchen!« schrie der entzückte Farmer, nahm den Stein in beide Hände und tanzte selig durchs Zimmer.
»Jetzt laß ich dich nie wieder los, du süßes Geschöpf! Ach, wie ich dich liebe – fressen könnte ich dich!«
Cyprien hatte inzwischen die verschiedenen Einschnitte wieder nacheinander mit festem Garn vernäht, und die Operation war so glücklich verlaufen, daß man sicher damit rechnen konnte, daß Franz nach drei Tagen wieder fröhlich auf den Beinen sein würde und aufs neue anfangen könnte, seinen Kropf zu füllen.

22

John Watkins, der glücklichste und reichste Farmer des ganzen Landes, wollte sich natürlich nicht lumpen lassen. Ein zweites Festmahl sollte unter glücklicheren Begleitumständen gefeiert werden, und schon am nächsten Mittag war die Festlichkeit in vollem Gange. Der Strauß allerdings war sorgsam eingesperrt worden.
Der Farmer hatte alles sorgfältig vorbereitet. Mit den eingekauften Fleischvorräten hätte er eine ganze ausgehungerte Infanteriekompanie im Manöver satt gekriegt, ganze Batterien von Flaschen standen bereit, und so konnte es, als die Gäste gegen sechs Uhr nachmittags anrückten, auch sofort richtig losgehen. Schon eine Stunde später war die Luft zum Schneiden, der Lärm steigerte sich von Minute zu Minute – mit einem Wort: das Fest war ein gelungenes.
Nur Alice und Cyprien nahmen nicht an der allgemeinen Ausge-

»Der Stern des Südens – der Stern des Südens!« John Watkins jubelte.

lassenheit teil. Nur zu deutlich hatte John Watkins dem jungen Ingenieur klargemacht, daß jede Hoffnung auf seine erfolgreiche Bewerbung umsonst war. So saßen die beiden einsam und schweigend unter den johlenden Gästen, während ein Toast nach dem anderen auf den wiedergefundenen Diamanten ausgebracht wurde. Plötzlich dröhnten drei schwere Schläge gegen die Tür.
»Herein!« rief John Watkins fröhlich, »wenn's nur kein Schneider ist und er genug Durst mitbringt!« Die Tür öffnete sich, und auf der Schwelle stand die lange hagere Gestalt Jacobus Vandergaarts. Die Gäste sahen sich erstaunt an. Jeder kannte die Feindschaft zwischen den beiden Männern, und daher wußte auch jeder, daß nur außergewöhnliche Umstände den alten Steinschneider dazu bewogen haben konnten, hier zu erscheinen. Totenstille herrschte.
Nur John Watkins versuchte, auch weiterhin den Lustigen zu spielen.
»Immer herein«, rief er heiser. »Welcher Wind hat Sie denn hierhergeweht, alter Knasterbart?«
»Der Wind der Gerechtigkeit«, antwortete Vandergaart kühl. »Ich komme, um mir mein Eigentum wieder zu holen . . . ich komme, um Ihnen zu sagen, daß die Gerechtigkeit endlich doch gesiegt hat . . . ich komme, um Ihnen zu sagen, daß die Vandergaart-Grube wieder in mein Eigentum übergegangen ist, daß ich ein Gerichtsurteil bei mir habe, und daß Sie mir wiedergeben müssen, was Sie mir einst geraubt haben!«
John Watkins war unsicher geworden. Aber er war ein Mann der Vorwärtsverteidigung, und dementsprechend lachte er den alten Vandergaart einfach aus.
»Mann, Sie haben doch einen Hammer!« schrie er. »Ich hab's mir doch schon immer gedacht, aber jetzt weiß ich's genau . . . bei Ihnen tickt's doch einfach nicht mehr richtig!«
Jacobus Vandergaart verzog keine Miene.
»Wer zuletzt lacht, lacht am besten«, sagte er nur. »Sie wissen doch, mein Gutester, daß Ihnen laut Gerichtsurteil alles Land gehört, das westlich vom fünfundzwanzigsten Breitengrad östlich von Greenwich liegt, und mir alles westlich dieses Breiten-

grades? Sehen Sie, ich wußte doch, daß Sie das anerkennen! Und hier habe ich nun eine Erklärung des Katasteramtes, wonach alle Pläne, die sich auf die unrichtigen Messungen der Geometer stützen, korrigiert werden müssen – und das gilt auch für das Urteil in unserem Fall. Und siehe, das Gericht ist zusammengetreten und hat mir bestätigt, daß das Land mir gehört, also auch die Grube, also auch alle Steine, die in der Grube gefunden wurden, also auch – und nun aufgepaßt – der ›Südstern‹! Nur damit Sie nicht meinen, Sie brauchten die Grube nicht mehr, weil Sie jetzt den Riesendiamanten haben! Und die Berufung ist auch ausgeschlossen, und außerdem habe ich jetzt genug geredet!«

Und mit diesen Worten pfiff er kurz durch die Zähne, woraufhin sogleich Polizisten hereinströmten und mit hungrigen Blicken die reichgedeckte Tafel musterten. Ihr Anführer konzentrierte sich jedoch auf eine Urkunde, die er in der Hand hielt.

»Im Namen des Gesetzes«, leierte er.

»Hiermit verkünde ich die vorläufige Beschlagnahme alles festen und laufenden Gutes in diesem Hause zur Übergabe an den rechtlichen Eigentümer!«

Die Gäste waren aufgesprungen, nur John Watkins saß wie vom Blitz getroffen in seinem Lehnstuhl, vor sich den Diamanten, der nur noch heller zu leuchten schien.

»Ruiniert! Ruiniert!« röchelte der Farmer, während Jacobus Vandergaart ihn mit fast mitleidigen Blicken betrachtete. Da faßte sich Cyprien ein Herz, und mit dem ihm eigenen Takt blökte er los:

»Herr Watkins, da Ihr bisheriges Eigentum anscheinend in nicht wiedergutzumachendem Ausmaß bedroht ist, erlaube ich mir, Sie um die Hand Ihrer Tochter Alice zu bitten!«

23

Diese Rede platzte wie eine Bombe zwischen die versteinerten Tischgäste. Wenn sie auch harte Burschen waren, soviel Chuzpe schmiß sie denn doch um. Beifällig quittierten sie die neue Wendung. Alice guckte ihren Cyprien etwas seltsam an, und der Farmer, noch völlig niedergeschmettert, konnte den jungen Ingenieur nur ziemlich verblödet anstieren. Aber Jacobus Vandergaart ließ sich nicht so leicht die Schau stehlen.
»John Watkins«, begann er, »ich möchte meinen Sieg nicht mißbrauchen; ich gehöre nicht zu denen, die einen überwundenen Feind auch noch in die Fresse treten! Mein Recht ist mein Recht, und das will ich haben, aber zugrunde richten will ich Sie nicht. Der Jüngste bin ich nicht mehr, und lange mache ich's sowieso nicht mehr – was soll ich also mit all diesen Schätzen? Wenn Sie also einverstanden sind, daß die beiden jungen Leutchen da sich kriegen, so verspreche ich, daß ich ihnen den ›Südstern‹ zur Hochzeit schenke, und außerdem werde ich sie als meine Erben einsetzen, damit alles ein gutes Ende hat!«
Im Protokoll ist hier von seiten der Gäste »Zustimmung und lebhafter Beifall« zu vermerken.
Alle Blicke richteten sich auf John Watkins. Der bedeckte sein Gesicht mit zitternden Händen und rief schließlich, nachdem er seine tiefe Rührung überwunden hatte:
»Jacobus Vandergaart, Sie sind ein Ehrenmann! Ich gestehe, ich habe Ihnen übel mitgespielt – und Sie antworten nun mit Edelmut! Das will ich Ihnen niemals vergessen!«
Die beiden alten Feinde schüttelten sich die Hände. John Watkins erschien wie umgewandelt. Seine Gesichtszüge verrieten jetzt ebensoviel Sanftheit und Wohlwollen wie früher Härte und Strenge.
»Vergessen wir alles, und wenn es der Herr Polizeioffizier erlaubt, so wollen wir von diesem beschlagnahmten Weine auf die Zukunft anstoßen!« rief er.
Nach einigem Blättern im Gesetzbuch erklärte sich der Polizeioffizier einverstanden, und bald kreisten wieder die Flaschen in

der frohen Runde. Jacobus Vandergaart saß neben John Watkins und entwarf mit ihm Pläne für die Zukunft.
»Wir verkaufen alles und ziehen mit unseren Kindern nach Europa«, sagte er.
»Da kaufen wir uns ein kleines Häuschen auf dem Lande, in Ihrer Nähe, und dann: hoch die Tassen!« Alice und Cyprien waren sich inzwischen tuschelnd und kichernd ebenso einig geworden.
Mittlerweile war es unerträglich schwül geworden. Ein Unwetter kündete sich an und wurde allgemein herbeigesehnt, damit die Atmosphäre wieder erträglich werde. Plötzlich verbreitete ein heller Blitz einen grünlichen Schein im Zimmer, und fast gleichzeitig erfüllte ein rollender Donnerschlag den Raum. Das Gewitter hatte begonnen, der Regen rauschte wie befreit herab.
»Haben Sie nicht auch unmittelbar nach dem Donnerschlag ein knisterndes Geräusch gehört, so als ob etwas zersprungen wäre?« fragte Thomas Steele seinen Nebenmann.
Wie auf Kommando richteten sich alle Blicke auf den ›Südstern‹. Der Diamant war verschwunden. Die Glasglocke, unter der er gelegen hatte, war unberührt – es war ausgeschlossen, daß ihn jemand fortgenommen hatte.
Cyprien sprang auf und sah unter die Glasglocke. An seiner Stelle sah er auf dem blauen Samt einen feinen grauen Staub. Er stieß einen Schrei der Verwunderung aus und sagte dann mit gefaßter Stimme:
»Meine Damen und Herren, ich muß Ihnen mitteilen, daß der ›Südstern‹ zersprungen ist.«
Unter den Diamantengräbern des Griqualandes ist es allgemein bekannt, daß die Kapdiamanten die unangenehme Eigenschaft haben, manchmal – vermutlich infolge unerklärlicher Molekularveränderungen – zu zerplatzen. Ein Wunder war es daher also nicht, daß der Stein in Staub zerfallen war, aber dennoch versetzte dieser simple physiologische Vorgang die Gesellschaft in eine ziemliche Aufregung. Die Ursache dafür ist wahrscheinlich im Wert des Steins zu suchen. Gleichviel, John Watkins nahm die

Sache schwer. Sein Stimmungsumschwung hatte nur kurze Zeit gedauert.

»Wie können Sie die Sache nur so leicht nehmen!« sagte er empört zu dem weiterhin vor sich hintheoretisierenden Cyprien. »Das ist doch das letzte! Aus fünfzig Millionen wird ein bißchen Katzendreck, und Sie beschäftigen sich nur mit der Natur der Katze statt mit den Piepen!«

»Das beweist eben, daß ich Philosoph bin!« antwortete Cyprien eingebildet.

»Philosoph hin, Philosoph her! Für fünfzig Millionen kann man sich jede Menge Philosophen kaufen! Ach, es ist doch gut, daß der ›Südstern‹ nicht mehr mir gehört. Wäre er noch in meinem Eigentum, ich wäre gleich hinterher geplatzt!«

»Ja, was regen Sie sich denn dann auf? Was mich angeht – so ein Stein ist ja eine ganz schöne Sache, aber heiraten kann man ihn halt doch nicht, und was sonst noch alles so dazugehört! Nein, nein, ich bin schon ganz zufrieden.«

Und so endete die kurze, aber abwechslungsreiche Geschichte des größten Diamanten aller Zeiten und bestärkte Kaffern und Diamantengräber nur in ihrem Aberglauben, daß so große Steine immer nur Unglück bringen.

Und der ›Südstern‹ brachte sogar nach seinem Ende noch Unglück; John Watkins, der von den vielerlei Erschütterungen arg mitgenommen worden war und sich wohl trotz seines Sinneswandels nicht mit dem Verlust des Diamanten hatte abfinden können, wurde bettlägerig, siechte ein Weilchen vor sich hin und starb.

Aber damit hatte das Unglück auch ein Ende; von jetzt an ist nur noch Fröhliches zu berichten.

Wenige Wochen später wurden Alice und Cyprien in aller Stille getraut – was konnten die beiden mehr verlangen? Zudem war Cyprien bei weitem nicht so mittellos, wie er selbst geglaubt hatte; denn der Claim, den er zusammen mit Thomas Steele gepachtet hatte, warf bei seinem Verkauf ein hübsches Sümmchen ab – so viel, daß der wackere Engländer zufrieden nach Hause reisen, ein Gut kaufen und heiraten konnte, und auch für Cyprien fiel noch genügend ab. Alice und Cyprien reisten zurück nach Frankreich; er arbeitete an seinen Studien, sie im Haushalt, und so leben sie glücklich in die Welt hinein, manchmal besucht von ihrem alten Freund Jacobus Vandergaart.